www.tredition.de

AF185685

Andreas Hoffmann

Geschichten aus dem Einweckglas

(Un)wahres, Lustiges & Skurriles aus der Heimat

www.tredition.de

© 2016 Andreas Hoffmann

Verlag: tredition GmbH, Hamburg

ISBN
Paperback: 978-3-7345-1548-4
Hardcover: 978-3-7345-1549-1
e-Book: 978-3-7345-1550-7

Printed in Germany

Das Werk, einschließlich seiner Teile, ist urheberrechtlich geschützt. Jede Verwertung ist ohne Zustimmung des Verlages und des Autors unzulässig. Dies gilt insbesondere für die elektronische oder sonstige Vervielfältigung, Übersetzung, Verbreitung und öffentliche Zugänglichmachung.

Das Vorwort oder Geschichten aus dem Einweckglas

Es begann mit einem Besuch in dem Haus meiner Kindheit.
Mich packte Sehnsucht nach den alten bekannten Räumen. Vielleicht hatten doch irgendwelche Farbreste oder Gegenstände überlebt? An gute Verstecke erinnerte ich mich: Den Dachboden, wo sich in weltvergessenen Winkeln manches Relikt einer vergangenen Zeit entdecken ließ.
Oder der Gewölbekeller mit seinen schweren Eisentüren, von dem erzählt wurde, es gäbe hier aus einen inzwischen zugemauerten Geheimgang.
Und dann jenes Hintergebäude, wo sich Parterre ein längst nicht mehr benutztes Waschhaus mit allem notwendigen Inventar, einem Waschkessel, Hocker und Waschbrettern, befand. Hier roch es immer nach Seifenlauge.
Die eigentliche Wunderwelt begann in dessen erster Etage. Das war die vom Hausverwalter ausgesprochene Verbotszone. Wir Kinder kümmerten uns nicht drum, denn es gab viel zu viele Möglichkeiten für spannende Entdeckungen.
Dazu gehörten mehrere verschlossene Räume, deren Schlösser sich später doch öffnen ließen. Wir standen plötzlich in verlassenen Wohnräumen, fühlten uns in eine andere vergangenen Zeit versetzt.
Herrliche Phantasiegeschichten entstanden, mit guten und bösen Spielfiguren. Bis eines Tages der

Hausverwalter unsere Spiele entdeckte und verbot. Er behauptete, es bestehe Einsturzgefahr und wir würden sowieso nur Unsinn machen.
Als Kind stand mir in diesem Haus, mit seinem Hintergebäude, dunklen Ecken und Winkeln, eine geheimnisvolle Welt offen. Da war alles krumm und schief, nichts mit Gipskarton verkleidet, der Fußboden bestand aus knarrende Dielen.
Die Fenster schlossen Wohnungen nicht luftdicht ab, Temperaturschwankungen waren erlebbar.
In den neunziger Jahren sollte dieses alte Haus umgebaut oder vielleicht ganz abgerissen werden. Sein äußeres Erscheinungsbild hatte inzwischen sehr gelitten. Da gab es kaum jemanden, der Mitleid hatte. „Abreißen, diese Ruine", hörte man die Leute immer wieder sagen.
Ich wollte wenigstens noch Abschied nehmen.
Die Haustüren waren bereits mit Hinweisschildern versiegelt: Betreten verboten!
Das Hintergebäude war inzwischen abgerissen.
An einem Sonntagmorgen öffnete ich vorsichtig die Eingangstür mit den beiden eisernen Türklopfern und betrat den Hausflur. Die bekannten schwarz-weißen Fließen auf dem Fußboden waren mir vertraut..
Ehrfürchtig stieg ich auf der knarrenden Treppe nach oben in die erste Etage, fuhr dabei ehrfurchtsvoll mit der Hand über das Holz des barock geschwungenen Treppengeländers.
Die Türen der leerstehenden Wohnungen waren hier sicherheitshalber abgeschlossen.
Wie viele Menschen haben hier schon gewohnt?

Früher teilten sich zwei Familien auf einer Etage eine gemeinsame Toilette. Heute undenkbar. Es gäbe einen Aufschrei des hygienischen Empfindens.

Und dann führte mich die Treppe in die zweite Etage, wo sich unsere Wohnung befand.

Hier stand die Wohnungstür seltsamerweise offen. So lief ich, den Kopf voller Erinnerungen, durch alle Räume, nahm wirklich Abschied. In der ehemaligen Wohnstube beeindruckte mich ein Stück freigelegter Wand. Hier kamen bemalte Holzbalken aus der Barockzeit zum Vorschein.

Von hier aus sah ich, wie schon als Kind, bewundernd hinauf zum Schloss Heidecksburg.

Später, am Flurfenster stehend, ließ ich den Blick über die Hinterhoflandschaft meiner Kindheit schweifen. Verschwunden waren das Hintergebäude, Hof und Garten und die Wäscheleinen vor dem Fenster.

Nun ging es hinauf zum Dachboden. Etwas enttäuscht war ich dort allerdings schon. Einzelne Kammern, auch mein Jugendzimmer, gab es nicht mehr. Hier hatte man bereits mit Abrissarbeiten begonnen. Licht fiel herein, nahm dem Dachboden seinen zeitvergessenen, dämmrigen Charakter.

So hielt ich mich dort nicht lange auf, ging hinunter in das letzte, noch nicht von mir durchlaufene Refugium: den Gewölbekeller.

Wie begeisterten mich sofort wieder seine dunklen, schweren Eisentüren. Am Gewölbe stand immer noch in roter Schrift: „Als Schutzraum geeignet für Personen".

Auch der finstere Einstieg zum vermeintlichen Geheimgang war nicht verändert. In unserem Kellerbereich entdeckte ich das noch vorhandene Regal für eingewecktes Obst. Die Überraschung! Das Regal war nicht leer. Es standen große und kleine ungeöffnete Einweckgläser darin. Meine Entscheidung war sofort getroffen: Ich werde diese Erinnerungsstücke in den mitgebrachten Rucksack stecken und mitnehmen.

Hier handelt es sich doch schließlich um die ungewöhnlichsten Andenken meiner Kindheit.

Zufrieden mit diesem sehr speziellen Fund, verließ ich das Haus wieder. Alles nahm ein gutes Ende: Es wurde dann doch nicht abgerissen, sondern mit glücklicher Hand und genügend Fördermitteln restauriert.

Von nun an, in der neuen Zeit, nennt sich das Gebäude „Handwerkerhof".

Ich jedoch besaß eine Erinnerung die man essen und auch vertragen konnte: das Obst in den alten Einweckgläsern.

Darin waren vorrangig Zwetschgen, Birnen und Äpfel eingeweckt. Aber auch Heidel- und Preiselbeeren befanden sich darunter.

Dabei kam es zu einer weiteren ungewöhnlichen Entdeckung:Selbst nach den vielen Jahren war es ein Genuss, das Obst zu essen. Meine Frau war, nach anfänglichem Misstrauen, ebenfalls von dem guten Geschmack begeistert. Ich allerdings schmeckte dabei die alten Geschichten. Sie stiegen in meinen Kopf und wollten aufgeschrieben werden, waren erstaunlich eigensinnig, duldeten keine Widerrede

Manchmal wurde ich zur Hauptfigur gemacht, dachte: Da stimmt doch etwas nicht. Aber die Geschichten wussten es besser. Mit jedem geöffneten Glas kamen neue Anekdoten, Erzählungen hinzu. Es nahm erst ein Ende, als auch das letzte Obst, es handelte sich um Äpfel, gegessen war.

Jedenfalls ist alles so Diktierte und von mir Aufgeschriebene der Beweis, dass Rudolstadt eine spannende und manchmal auch geheimnisvolle Stadt ist, welche der Fantasie guttut.

Im ersten Einweckglas, welches ich vorsichtig öffnete, befanden sich Birnen. Diese besaßen eine Vanillenote, dazu kam mit Zimt und Nelken, eine ideale Geschmacksmischung für die Winterzeit.

Ich aß etwas davon, trank eine Tasse schwarzen Tee, schon stieg mir die folgende Geschichte in den Kopf, in der Erinnerungen aus meiner Kinderzeit eine Rolle spielten.

Das Wunder vom Rudolstädter Teehaus

Frau Adames gehörte zum Teehaus wie das Teehaus zum Schloss.

Ich würde behaupten, sie bewohnte seit Menschengedenken allein dieses flache Gebäude, ein gelb angestrichenes deutsches Forsthaus, im Sommer verschönert durch rot blühende Kletterrosen an der Südseite und einem kleinen gepflegten Vorgarten als Paradies für kindliche Blicke.

Denn in der warmen Jahreszeit wurde dieser vom Heer der Gartenzwerge bevölkert. Verlässlich posierten sie ab Ostern, schaufelten in der Erde, schoben Schubkarren, schauten mit Fernrohren durch die Zipfelmützenwelt, angelten Schuhe und purzelten ganz selbstverständlich zwischen den Blumen herum. Mittendrin stolzierte ein Keramikstorch.

Als Kind kannte ich sie alle, wartete jedes Jahr sehnsüchtig auf ihr pünktliches Erscheinen.

Etwas Wesentliches blieb mir allerdings verborgen, das betraf den Schöpfer dieser Vorgartenzwerge Landschaft: Herrn Ryba.

Damals hatte ich keinen Blick für jenen stillen Geist. Dieser Mann existierte für mich einfach nicht.

Doch die erste Geschichte aus dem Einweckglas belehrte mich eines Besseren.

Einmal sagte er zu Frau Adames, „Ich beschütze dich". Sie war gerührt von seinen mutigen Worten. Was war das für ein Mensch?

Manchmal musizierten sie gemeinsam: Herr Ryba spielte Geige, Frau Adames Klavier.

„Das Klavier hatte hier gestanden, als ich 1946 ankam", sagte sie und spielte gleich eine Melodie von Franz Lehar darauf. Die Augen von Herrn Ryba fingen an zu leuchten. Wenn sie genug geleuchtet hatten, griff er nach der Geige, welche immer schon bereit lag und spielte die zweite Stimme. Das war sein Instrument.

Außerdem konnte er gut Frau Adames Nacken massieren, betonte dabei immer wieder,

„In deinem Alter muss man sich auch vor Verspannungen vorsehen".

Er war so fürsorglich.

Neben den Blumen pflegte Frau Adames noch eine andere Leidenschaft: das Erzählen in Mundart, sie sprach von ihren ‚Braunsche Geschechtlan´. Das waren die Geschichten ihrer alten Heimat Ostböhmen.

Herr Ryba verstand sie oft nicht, hörte aber geduldig zu, kochte nebenbei würzigen Tee oder legte mitgebrachtes Sandgebäck in eine purpurrote Glasschale. Er wusste ja schon, die ‚Geschechtlan´ handeln von den Mönchen aus dem alten Kloster ihres Geburtsortes Braunau, vom kopflosen Reiter im Sterngebirge, von Elfen, verzauberten Jungfrauen und dem weißhaarigen Wassermann. Große Freude machte es Frau Adames, wenn sie vom Teufel erzählte, welcher wütend ums kleine Sternkirchlein fauchte. Im Glanz ihrer Augen, zeigte sich dabei ein geheimnisvolles Funkeln.

Dann folgte, für die Entspannung der Zuhörer, die obligatorische Pause. Danach spielten sie das alte „Braunsche Heimatlied", sie die erste, er die zweite

Stimme. Ein ehrwürdiges Ritual, begleitet von ihren Worten:

„Die Noten habe ich mir herübergerettet. Davon wussten auch die Partisanen nichts."

Herr Ryba goss Tee nach, streichelte ihr inzwischen ergrautes Haar und wiederholte mit sanftem Ton:

„Ich beschütze dich. In deinem Leben wird es keine wilden Partisanen mehr geben."

Doch eines Tages kam alles anders. Die Tür sprang plötzlich auf, es war gegen Abend, herein stürzte ein junger Bursche, der drohte mit einem Messer. Das war im Herbst, als Herr Ryba gerade die Zwerge wieder ins warme Haus geholt hatte.

Der Letzte fiel ihm vor Schreck aus der Hand und zersprang am Boden in tausend Teile.

Herr Ryba ärgerte sich, wimmerte leise.

„Schnauze", brüllte der Eindringling dagegen.

Frau Adames, die eben noch am Klavier saß, den Fremden nicht aus den Augen ließ, stellte fest, dass er schon lichtes Haar hatte.

„So ein junger Mann", murmelte sie mit Bedauern.

Ihre Worte irritierten den jungen Mann nur kurz, dann hielt er plötzlich ein Messer bedrohlich vor ihr Gesicht, schrie laut:

„Ich sag noch einmal: Schnauze! Und jetzt Geld her. Ihr habt doch Geld. Und Schmuck. Also los!"

Frau Adames, blieb weiter am Klavier sitzen, wiederholte traurig: „So ein junger Bursche.", und seufzte dabei.

Er kam mit seiner lauten Stimme ihrem Seufzen sehr nah.

„Wird's bald? Ich scherze nicht."

Seine Drohungen blieben ohne Erfolg.

Frau Adames rührte sich nicht von ihrem Klavierhocker.

„Wird's bald?" Er wurde sichtbar nervös, drückte mit der Messerspitze noch tiefer in die Haut ihres Halses. Doch mit großer Gefasstheit sah sie dem Erpresser selbstbewusst in die Augen.

Schließlich zog dieser, unzufrieden mit der Situation sein Messer zurück, fegte mit einer kraftvollen Handbewegung, den Großteil der Notenblätter vom Klavier. Auch die Lieder von Franz Lehar und das „Braunsche Heimatlied" waren dabei.

Jetzt war ihre Geduld am Ende

„Genug, junger Mann, sie haben eben mein Wertvollstes zu Boden geworfen. Ein Stück Heimat!"

Er lachte laut auf und warf herausfordernd die restlichen Notenblätter vom Pult herunter.

Sie stritt unbeirrt weiter für ihre Sache und fragte scheinbar unpassend: „Haben sie irgendwann in ihrem jungen Leben vom Braunauer Ländchen in Ostböhmen gehört?"

Er reagierte mit Rückzug, zumindest einige Schritte, überlegte: „Russland, Sie stammen aus Russland".

Über diese Antwort konnte sie nur den Kopf schütteln.

„Das ist ja traurig! Ihnen fehlt grundlegendes geografisches und geschichtliches Wissen."

Da Frau Adames ihm nicht ganz geheuer war, richtete sich sein Zorn nun gegen Herrn Ryba Dieser hielt den Zwerg mit dem Spaten beschützend in den Händen.

„Ich habe nichts", beteuerte er im weinerlichen Moll-Ton. Seine Ängstlichkeit ließ den jungen Eindringling übermütig werden. Er betrachtete sich kurz den beschützten Zwerg: „Ha, das kann jeder sagen. Vielleicht hast du dein Geld in dieser komischen Figur versteckt."

Er schlug Herrn Ryba den Zwerg aus der Hand. Der wehrlose Wicht zerfiel am Boden in viele Teile ohne, dass ein verborgener Schatz zum Vorschein kam.

Herr Ryba wurde blass im Gesicht, als fehlte ihm gerade Luft zum Atmen.

Frau Adames musste die Situation irgendwie retten: „Junger Mann, ich stelle fest, sie sind ein unerfahrener, heißblütiger Partisan. In meinem Leben wurde ich mehrmals von dieser Sorte Mensch bedroht. Nicht nur einmal hielten sie mir die Pistole an die Schläfe. Und wofür? Alles dumme Kindsköpfe, welche viel Schaden anrichteten."

Seine Augen leuchteten wieder bedrohlich.

„Schnauze, sage ich" Er schwenkte sein Messer übermütig vor ihrem Gesicht.

Frau Adames blieb beeindruckend unbeeindruckt: „Für eine Armbanduhr oder die Halskette hätten die mich damals getötet."

Ihr Blick verharrte traurig auf der Tastatur des Klavieres: „Nur meine Noten..."

Der Erpresser wurde hörbar wütender:

„Schnauze! Es reicht! Geld her! Ich warte nicht mehr lange!"

Seine arme Stimme! Er ist jung und hat trotzdem lichtes Haar, dachte Frau Adames auch diesmal.

Und er ist unglaublich wütend! Recht so, soll er schreien: Und über was er sich alles ärgerte! Schuld sind natürlich die Alten, die Reichen und die Politiker.

Frau Adames wich seiner Wut nicht aus, erzählte weiter aus ihrem Leben, obwohl die Nervosität seinen Körper in immer erregtere Schwingungen versetzte.

„Wussten damals nicht, ob wir in Thüringen bleiben konnten. Ich bin geblieben. Das Glück verhalf mir zu einer Wohnung in diesem Teehäuschen, wo auch ein Klavier stand. Und es verhalf mir zu einem guten Freund, der mich immer bestens beschützt hat, Herrn Ryba".

Der junge Mann schien sich noch einmal gegen ihre Worte aufzubäumen: „Alles Geschichten von gestern. Ihr Alten kommt uns immer mit euren endlosen Berichten von Entbehrung. Ich spucke drauf!"

„Junger Mann, ich hätte auch in größter Not niemanden mit einem Messer bedroht. Niemanden!"

Jetzt kam ihr der Eindringling so nah, dass Herr Ryba dachte: Gleich passiert etwas Schlimmes.

Und wirklich, die Hände des Mannes begannen den Hals von Frau Adames zu umfassen, drückten zu …

Sie sah dabei schlecht aus, kniff die Augen zusammen, stürzte von ihrem Klavierhocker, hielt sich im Fallen an seinen Armen fest. Dabei entwickelten ihre Hände eine erstaunliche Kraft, ließen den Angreifer nicht mehr los. Er stürzte hinterher, verlor sein Messer.

Herr Ryba winselte hilflos, griff sich den weißen Storch, seinen Paradieswächter. Vielleicht können sie zu zweit der armen Frau Adames helfen, dachte er sich.

Aber keiner von beiden entwickelte genügend Stärke für eine schlagkräftige Entscheidung.

Inzwischen konnte sie sich von der Umklammerung des Mannes befreien. Wieder ergriffen dessen Hände den rot angeschwollenen Hals von Frau Adames.

So wälzten sich beide längere Zeit miteinander kämpfend auf dem Fußboden. Mal lag er oben, dann wieder sie. Das Bild war komisch. Doch die Lage zu ernst. Schnell versuchte der Erpresser sein Messer zu fassen.

„Ich will Geld und eure Wertgegenstände, sonst...", mehr kam nicht aus seinem wütenden Mund, schon lag Frau Adames wieder obenauf.

Herr Ryba lieferte die stumm zitternde Begleitmusik zu dieser Szene.

Frau Adames und der junge Mann rauften zwischen Klavierhocker und purzelnden Gartenzwergen hin und her.

Kurz schien es, dass Frau Adames den Kampf für sich entschied, doch plötzlich erfasste er das Messer und stach zu.

Ein heruntergefallenes Notenblatt färbte sich rot. Frau Adames schrie auf.

Das war der Moment, wo Herr Ryba doch ungeahnte Kraft verspürte und seinen Keramikstorch mit voller Wucht auf den Kopf des Erpressers schlug. Der Storch zerfiel in viele Teile, kleine Splitter schwebten wie Federn durch den Raum, flogen direkt auf Frau Adames bewusstloses Gesicht.

Auch der junge Mann bewegte sich nicht mehr. Alle drei schienen für einen Moment tot. Der Storch war es wirklich. Aber er rettete vielleicht den anderen beiden das Leben.

Der junge Mann blutete am Kopf, Frau Adames am Hals.

Herr Ryba rannte hinaus und schrie in die Nacht: „Hilfe!" „Hilfe!"

Es gab jemanden in der Nähe, welcher Krankenwagen und Polizei rief.

So kamen beide, der junge Mann und Frau Adames in die Notaufnahme des Krankenhauses. Inzwischen nahm die Polizei den Fall zu Protokoll. Es ergab sich daraus, dass der junge Mann später für einige Zeit ins Gefängnis musste.

Dort besuchte ihn Frau Adames.

Er sieht blass aus, dachte sie im Moment ihrer neuerlichen Begegnung – und seine Haare sind noch lichter geworden. Ein armer Mensch.

Er senkte reuevoll seinen Kopf.

„Junger Mann, sie brauchen keine Angst mehr vor mir zu haben. Allerdings bringe ich statt Geld, Blumen und Apfelsinen."

Die Blumen, es waren Herbstastern, hatte sie bereits in eine Vase gestellt.

Er wartete ab.

Frau Adames fragte: „Wie heißen Sie eigentlich?"

Er schüttelte den Kopf. Ihr Ton wurde energisch: „Doch Sie sagen mir jetzt, wie Sie heißen!"

Nach einiger Zeit flüsterte er: „Patzelt. Jens Patzelt."

Frau Adames erklärte mit leiser, nachdenklicher Stimme: „Der Name Patzelt ist böhmisch."

Er zuckte mit den Schultern.

„Ich sage Jens zu Ihnen. Das entscheide ich als die Ältere."

Wieder zuckte er nur wortlos mit den Schultern.

„Jens, sobald du hier raus bist, machen wir eine Sause, fahren zusammen nach Ostböhmen, ins Braunsche. Ich zeige dir alles: das Sterngebirge und die Stadt Braunau, das heutige Broumov."

Jens Patzelt lächelte ganz kurz: „Ich bin doch aber ein Saukerl."

„Ach was, das kann alles passieren. Man darf nicht nachtragend sein."

Ihre Augen blitzten verschmitzt: „Wann hat man in meinem Alter noch Gelegenheit, seine Kräfte mit einem solchen jungen, hübschen Mann zu messen.

Das war schon ein Spaß, als wir so auf der Erde herumrollten."

Plötzlich stand noch Herr Ryba im Raum. Er muss wohl die ganze Zeit schweigend im Hintergrund gewartet haben. Nun rutschte er, zusammen mit einem Vorschlag in den Vordergrund: „Irgendwann würden wir Sie gern auf eine Tasse Tee in unser fürstliches Teehaus einladen."

Frau Adames ergänzte zufrieden: „Bei dieser Gelegenheit könnten wir die Fahrt im nächsten Jahr besprechen."

Noch am Tag seiner Entlassung besuchte Jens Patzelt die alten Leute. Sie freuten sich sehr, und es gab Tee zu trinken.

Später haben sie ihm ein Lied von Franz Lehar für Geige und Klavier gespielt sowie das „Braunsche Heimatlied" vorgesungen.

Eines Tages standen zwei neue Zwerge vor der Tür. Frau Adames und Herr Ryba ahnten, wer ihnen dieses Geschenk gemacht hatte.

Ostern war lange vorbei, doch das Leben um das Teehäuschen wollte nicht richtig beginnen. Wo waren die roten Zipfelmützen hinter den Sträuchern?

Zuerst dachten alle, mit Frau Adames sei etwas passiert. Eines Tages stand sie allein, auf der Schwelle ihres Hauses. Das Schicksal zeigte sich hart. Die Welt rund ums Teehäuschen erfuhr: Herr Ryba war gestorben.

Bereits ein halbes Jahr später verstarb auch Frau Adames.

Jens Patzelt hätte sie gern noch einmal besucht. An einem Novemberabend ließ ihn die Erinnerung allein zum Teehäuschen laufen.

Doch was ihn erwartete, blieb unverständlicher als der ganze Braunsche Dialekt: Der Platz war leer. Keine Täuschung der Dunkelheit!

Sie hören richtig! Das ehrwürdige Teehäuschen schien verschwunden. Jens Patzelt rieb sich die Augen.

Voller Entsetzen verharrte der junge Mann lange auf der gleichen Stelle, wusste nicht was er denken sollte.

In der Nacht kam ihm ein seltsamer Traum: Er saß mit Frau Adames und Herrn Ryba im Teehäuschen, sie tranken selbstverständlich Tee. Die beiden musizierten und Herr Ryba massierte Frau Adames anschließend den Nacken. Denn Verspannungen wirken sich ungünstig auf den Kopf aus. Herr Ryba streichelte ihr über das Haar und versprach mit weicher Stimme: „Ich werde Sie immer beschützen."

Drumherum schauten sämtliche Vorgartenzwerge zu. Sie tuschelten, waren aber mit der Situation zufrieden. Auch der Storch stolzierte einmal durch den Raum.

Das Teehäuschen stand ganz bestimmt im Sterngebirge des Braunauer Ländchen. Natürlich stand es dort! Das wusste Jens Patzelt im Traum, obwohl er selbst nie dort gewesen war.

Am nächsten Tag kam er nicht zur Ruhe, fühlte sich gedrängt, am Abend wieder hinauf zur Heidecksburg zu laufen. Sie werden es nicht glauben! Diesmal befand sich das Häuschen wieder dort, wo es hingehörte.

Forsthausromatik hin oder her, die Unschuld seiner geschlossenen Fensterläden konnte Jens Patzelt nicht überzeugen. Gestern war der Platz leer.

Vielleicht war es doch ein Wunder?

Ähnlich dem Haus von Loreto in Italien. Es wurde, soweit er sich über diese Legende informiert hatte, einst durch Engel von Betlehem in diese Stadt getragen.

Warum nicht das Rudolstädter Teehäuschen ins Braunauer Ländchen?

Und er wusste, dass er im nächsten Jahr eine Fahrt nach Ostböhmen machen wird. Vielleicht, ja vielleicht, trifft er Frau Adames und Herrn Ryba doch noch einmal?

Im nächsten Glas wartete eine besondere Überraschung: Heidelbeeren. Geschmacklich rund, sorgte ihr Genuss für plötzlich eintretenden Übermut. Ich hätte singen, springen, sogar auf dem Fußboden herumrollen können. Meine Frau schüttelte den Kopf.

Leider überkam mich später, nachdem das Glas leer war, ein unerwartetes Völlegefühl.

Bin ich so dick geworden, dass gleich sämtliche Knöpfe vom Hemd springen?

Die Heidelbeeren hatten sehr lecker geschmeckt. Eine kurze Freude. Immerhin rollte schon die folgende Geschichte aus meinem Kopf direkt auf ein Blatt Papier.

Limbrecht

„Ja, ja", seufzte Gretel Timme und dachte daran, dass sie immer noch kinderlos waren.

„Jo, jo", meinte auch Christoph Timme und verließ den Raum. Das wurde ihm jetzt zu sentimental. Also machte er draußen Holz für ihren Kamin. Am Kamin wird die Stimmung wieder besser. Dazu Glühwein trinken, schon vergisst man die Traurigkeit.

Das Jahr über hatte er viel Holz gehackt. Dabei besaßen sie Ölheizung. Holz hackte er meist, wenn seine Frau „ja, ja" sagte.

Die Jahre vergingen kinderlos.

Gut auf die Stimmung wirkten sich ihre regelmäßigen Spaziergänge aus. Kommen genügend Spaziergänge zusammen, kann schon auch mal etwas Außergewöhnliches passieren. Das geschah am 5. Juni 1985 während eines Waldspazierganges.

Christoph sprach über neue Pläne seines Architekturbüros, zeigte von oben auf die marode Dachlandschaft Rudolstadts. „Auf jeden Topf der passende Deckel – hier passt nichts mehr. Es tropft den Leuten in die gute Stube. Und wer noch nicht ins Neubaugebiet gezogen ist, wird es in den nächsten Jahren nachholen." Christoph seufzte dabei.

„Und", fragte Gretel nach, „was wollt ihr mit der Altstadt machen?"

„Jo, jo", winkte er ab und ging weiter. Gretel beließ es dabei.

Hinter der Wurzelburg kehrte bei beiden innere Ruhe ein. Sie liefen ein Stück den Helenenweg entlang, planten die Georgseiche als Ziel.

Doch so weit kam es nicht. Plötzlich rollte etwas den Hang herunter, direkt auf sie zu. Ein großer Stein, dachte Christoph zuerst. Ein Tier, glaubte Gretel.

Aber was war es wirklich? Sie konnten anfangs das heranrollende Etwas nicht wirklich deuten und dann, ja, dann glaubten sie es nicht. Beide starrten fassungslos auf ein braunes Stoffbündel, aus dem oben der Kopf eines kleinen Kindes herausschaute. Tatsächlich lag zu ihren Füßen, ein in viele Lagen braunen Stoff eingewickeltes, vielleicht einjähriges Kind. Und es begrüßte sie mit seinem rotwangigen, unschuldigen Lachen.

Gretel Timme beugte sich hinunter, nahm das Bündel auf den Arm, um es näher zu betrachten. Sie gestand: Solch strahlend blaue Knopfaugen hatte sie noch nicht gesehen. Und nun?

Es folgte ein hilfloser Scherz: „Na, du bist wohl dem Klapperstorch aus dem Schnabel gefallen."

Das entspannte die Situation nicht. Schon gar nicht die Rechtslage. Denn das Kind musste schließlich zu seinen Eltern zurück. Aber wo waren die abgeblieben?

Christoph rannte los und suchte, schnaufte den Hang hinauf und wieder hinunter, sah jedoch niemanden.

Doch es sollte jemand da sein, zumindest die Eltern! Gretel Timme schüttelt den Kopf: „Wo kommst du so plötzlich her?"

Die Antwort war ein lauter ‚Schmatzer' und Worte wie: „Da, da".

„So, da, da", seufzte sie.

Christoph schaute sich das Findelkind auch näher an. „Ziemlich eng gewickelt, so kriegt es irgendwann keine Luft mehr. Seine Eltern müssen ja von Hintervorgestern sein"

„Es ist eben ein Christkind", verteidigte Gretel das fröhliche Etwas, „ein richtiges, in Windeln gewickeltes Christkind".

„Nonsens!" widersprach Christoph grob, „seine Eltern müssen schnellstens gefunden werden, sonst machen wir uns strafbar. Übrigens, die sich auch."

Jugendamt und Polizei waren die nächsten Stationen, welche sie aufsuchten. Vorher aber bekam ihr Findelkind einen mit Liebe pürierten Möhrenbrei zu essen. Denn sicherlich hatte es Hunger. Komisch! Ein Kind in dem Alter fängt doch an zu weinen, wenn es Hunger hat. Bei diesem hier zeigte sich keine Spur von Verstimmung.

Auf dem Jugendamt wurde alles in einem langen Protokoll aufgeschrieben. Auch die Polizei stellte viele Fragen. Schön und gut: Trotz eilig einberufener Fahndung gab es keine Erfolge. Wo sollte das Kind vorerst bleiben?

„Könnten Sie?"

„Ja, wir können!" Gretel Timme hatte auf diese Frage gehofft und die Antwort bereits fertig gehabt. Nein, mit Christoph war das nicht abgesprochen. Der schaute entsprechend überrascht.

„Wir besitzen doch keinerlei Voraussetzungen für ein einjähriges Kind."

„Bekommen Sie alles von uns", versicherten die Mitarbeiter des Jugendamtes. Und zeigten ihnen gleich ein riesiges Lager an Kinderdingen. Da wurde der Kleine erst einmal aus seinem engen Stoffgefängnis befreit. Er lachte und strampelte und alle mussten mitlachen. Wieder ließ das Kind sein quietschvergnügtes „da, da" hören.

Also vermisste er seine Eltern gar nicht. Wer weiß? Besorgte Eltern hätten schon längst eine Suchanzeige aufgegeben. Doch bei der Polizei war bis zum Abend nichts Derartiges eingegangen.

Einen Namen sollte das Kind erst am nächsten Tag erhalten. Vielleicht fand sich bis dahin doch sein eigentliches Zuhause. Gretel wollte es Ferdinand nennen. Christoph war damit einverstanden, sprach ihren Findling am nächsten Tag mit diesem Namen an und erzielte eine überraschte Reaktion. Das Kind schüttelte seinen runden Kopf, zumindest sah es so aus.

„Vielleicht heißt das Kind anders?"

„Natürlich heißt es anders. Doch wir müssen ihm einen Namen geben", wiederholte Gretel.

Ferdinand blieb beim Ehepaar Timme. Andere Eltern fanden sich nicht. Niemand suchte. Niemand fragte. Es schien wirklich, als sei das kleine Kind vom Himmel gefallen.

„Eventuell gibt es in Ausnahmefällen doch den Klapperstorch", scherzte Gretel. Sie war nicht unglücklich über die neue Situation. Schließlich hatten sie sich längst ein Kind gewünscht. Ferdinand war ihr sympathisch. Er schlief nachts durch, weinte fast nie, machte keinen Stress, wenn es ihm zu langweilig wurde.

Wie man sein eigenes Kind verstoßen kann? Christoph träumte von Rabeneltern mit finsteren, griesgrämigen Gesichtern.

Schnell lernte Ferdinand bei Ehepaar Timme das Laufen. „Ein kluges Kind", war Gretel begeistert.

Wie gesagt, beide hatten den Eindruck, dass ihr Pflegekind mit dem gefundenen Namen nicht einverstanden war.

Als dann außer „da, da" noch andere Worte folgten, glaubten sie „Limbrecht" zu verstehen.

„Hör genau hin, es sagt wirklich: Limbrecht", war Gretel Timme überzeugt.

„Vielleicht heißt es Limbrecht?" grübelte Christoph.

„Ein altmodischer Name", befand sie.

„Woher sollte das Kind aber diesen komplizierten Namen kennen?"

„Das stimmt", bestätigte Gretel, überlegte kurz und schlug dann vor: „Wir probieren es einfach aus."

Sie nahm ihn auf den Arm, streichelte über seinen Kopf und sprach langsam, als sollte er eine Fremdsprache lernen: „Lim-brecht."

Das Kind strahlte sie an, schien mit dem Namen zufrieden. Das war der Beweiß! Ihr Findelkind heißt ab sofort Limbrecht.

Das Unerklärliche nahm weiter seinen Lauf.

Einmal hatte Limbrecht, was wirklich selten geschah, eine Vase heruntergeworfen. Christoph davon erschrocken, schimpfte laut los. Das Kind weinte und zeigte auf Christophs Hemd. Da fehlten plötzlich drei Knöpfe.

Kurze Zeit später, folgte die nächste unerklärliche Situation: Limbrecht riss beim Spielen eine gefährliche Kakteenpflanze zu Boden. Wieder schimpfte Christoph mit ihm. Schon flogen seine eben erst angenähten drei oberen Knöpfe wieder ab.

Nun kam ihm die Sache doch seltsam vor. Er war nicht abergläubig, aber ein erklärbarer Zusammenhang ließ sich nicht finden.

„Du bist einfach zu gutmütig", ärgerte sich Gretel, „lässt alles durchgehen. Ein kleines Kind braucht Erziehung. Was ist mit deiner Vaterrolle?"

Christoph zuckte die Schultern, wollte seiner Frau nicht offenbaren, dass er wenig Lust verspürt, ständig Knöpfe anzunähen.

Limbrecht spielte viel, aber ungewöhnlich. Eines Tages hatte Gretel den großen Nähkasten eher zufällig stehen gelassen. Das Kind entdeckte die vielen Knöpfe darin, ließ sie der Größe nach über den Tisch rollen.

Wie sollte Gretel da den Nähkasten wieder wegräumen? Aber Ordnung musste sein. Es war dies einer der wenigen Momente, wo Limbrecht trotzig reagierte. Er stampfte mehrmals mit dem Fuß, presste ein „nein, nein" heraus.

„Was machen wir nur?" überlegte Gretel.

„Lass ihm doch die Knöpfe", schlug Christoph vor. Das wäre der Kompromiss. Also gut. Gretel ging zum Bett von Limbrecht, streichelte dem Jungen versöhnlich über den Kopf, versprach: „Morgen bekommst du wieder einige Knöpfe zum Spielen."

Und von diesem Moment an wollte Limbrecht mit nichts anderem spielen.

Gretel und Christoph hatten viel Spaß beim Zuschauen. Er ließ die Knöpfe nach unterschiedlichen Spielregeln rollen. Und dabei schienen alle einem inneren Sinn zu gehorchen: Große, mittlere und ganz kleine, Farbige und die Schwarz-weißen. Limbrecht personifizierte sie, verteilte Namen, manche wurden zu Tieren auf einem Bauernhof.

Wenig später kam er in den Kindergarten.

Auch dort fiel sein ungewöhnliches Spielverhalten auf.

Zum ersten Elternabend nahm die zuständige Erzieherin Timmes beiseite und beschrieb Limbrechts Charakter als freundlich. Dann fügte sie ernst hinzu: „Häufig ordnet er sich in seinem Verhalten auffällig unter, macht sich vor anderen Personen klein. Das könnte die Folge einer zu strengen Erziehung sein. Kinder machen sich darüber lustig."

Gretel und Christoph schauten sich an, schütteln den Kopf: „Er hat viele Freiheiten."

Gretel ergänzte: „Mein Mann schimpft fast nie mit ihm." Ergänzt lachend: „Und wenn, verliert er mindestens drei Knöpfe an seiner Hose."

Die Erzieherin staunte: „Den meisten Spaß macht ihm scheinbar einen Tisch zu decken. Ihr Kind ist unübertroffen, wenn es um Aufräumungsarbeiten geht. Für seine Altersgruppe ein sehr ungewöhnliches Verhalten."

Gretel Timme betonte noch einmal: „Er benimmt sich zu Hause genauso, ohne dass wir dies von ihm verlangen."

Dann zuckten sie gemeinsam mit ihren Schultern und das Gespräch war beendet.

Limbrecht stellte den Kindergarten vor ungewöhnliche Herausforderungen.

Aber auch Timmes verstanden vieles nicht.

„Kannst du dich nicht hinsetzen, wenn wir gemeinsam essen", forderte Gretel genervt.

Christoph stellte fest: „Wir werden immer strenger und nur, weil unser Kind anders ist."

Gretel bemerkte scherzhaft: „In früheren Zeiten, wäre er Kammerdiener auf der Heidecksburg geworden."

Die ungewöhnlichen Ereignisse nahmen ihren Lauf.

Christoph arbeitete als Architekt, hatte ein Wörtchen mitzureden, wenn es um die Zukunft der Altstadt ging.

Manche Politiker machten sich Sorgen: „Was soll mit den alten Häusern werden?" Probleme über Probleme.

Der Bürgermeister raufte sich die Haare. Und er dachte: Die Partei musste endlich handeln. Die Partei handelte immer.

So gab er die Verantwortung weiter an den Bezirk. Die Verantwortung kletterte höher und höher, kehrte wieder zurück, landete letztendlich erneut beim Bürgermeister auf dem Tisch.

„Gut", entschied der eines Tages völlig genervt: „Christoph Timme ist der richtige Mann für eine zukunftstragende Entscheidung."

Dieser nickte, durchlebte aber mehrere schlaflose Nächte, grübelte, bis ihm eine Idee kam.

In der nächsten Versammlung trat er feierlich ans Rednerpult, um dem überraschten Publikum zu verkünden: „Wir müssen den größten Teil der alten Gebäude in der Stadt abreißen."

Alle schwiegen. Hatte dieses unerwartete Schweigen so viel Kraft? Jedenfalls rutschte plötzlich die Hose von Christoph Timme. Das machte ihn nervös. Seine Hände hielten fest, was verschwinden wollte, verhinderten so Schlimmeres.

Was war los? Alles schien los! Drei Knöpfe waren an wichtiger Stelle abgesprungen.

Christoph konnte jetzt nicht weitersprechen, kündigte seinen Zuhörern an, dass er sich Gedanken machen und diese zur nächsten Versammlung bekannt geben werde.

So konnte er schnell vom Rednerpult weg durch eine Hintertür verschwinden.

Zu Hause knöpfte er sich Limbrecht wegen des Ereignisses vor: „Was soll das? Bei mir lösten sich heute während eines wichtigen Vortrages drei Hosenknöpfe. Ich weiß, dass du dahintersteckst."

Limbrecht stand am Küchentisch, ließ einen großen blauen Knopf auf mehrere aufgeschichtete Knopftürme zu rollen, von denen einer getroffen in sich zusammenstürzte, erklärte: „Das Haus ist kaputt".

„Mein Beruf ist kaputt, wenn du so weiter machst. Hör auf damit! Klar?"

Limbrecht tat, als hätte er es nicht gehört, ließ einen grünen Knopf auf zwei Türme zu rollen. Diese stürzten ebenfalls ein. Christoph wurde wütend, packte den Jungen, schüttelte ihn durch, schrie: „Hast du mich verstanden."

Zum Glück betrat Gretel den Raum.

„Was ist denn hier los" unterbrach sie die erregte Szene. Christoph schnaufte und erklärte: „Wir hatten eine Meinungsverschiedenheit und das gute Kind hört nicht."

„Hör auf deinen Papa", bat Gretel mit mütterlicher Sanftmut.

Eine Woche später gab es den nächsten öffentlichen Diskussionsabend zum Thema Altstadt. Der Raum war unerwartet gut gefüllt.

Christoph trat wieder, als wichtiger Stadtplaner, ans Rednerpult. Natürlich konnte er heute nicht anders sprechen. Als der von Stadt und Partei beauftragte Architekt musste er die abgesprochene Richtung vertreten. Und die besagte im Kern: Abriss der Altstadt bis auf wenige markante Gebäude. Dafür Neubau in Kleinplattenbauweise.

Kaum fiel das Wort Abriss, spürte Christoph wie seine Hose erneut rutschte. Bestimmt fehlten wieder drei wesentliche Knöpfe.

Limbrecht! Dieses Kind ist unheimlich! Das Publikum murrte. Wie sollte er den Raum verlassen, an der aufgebrachten Zuhörerschaft in seiner peinlichen Lage vorbeikommen? Christoph konnte sich kaum noch auf das eigentliche Thema konzentrieren. Die Lage war angespannt. Es gab viele böse Zwischenrufe. Man glaubt seine Zurückhaltung wäre Methode.

„Sie können uns nicht verdummen", schrien sie.

Christoph versuchte es mit einem Kompromiss: „Lassen Sie uns alle noch einmal in Ruhe nachdenken. Das Thema ist zu umfangreich. Deshalb sollten wir uns in einem Monat wieder hier treffen und neue Gedanken austauschen."

Zum Erstaunen seiner Vorgesetzten fügte er kleinlaut hinzu: „Vielleicht lässt sich mehr Altstadt retten, als wir heute denken."

Er hatte weder Lust auf Prügel durch das aufgebrachte Publikum noch den Verlust der restlichen Knöpfe.

Die Menge verließ langsam den Raum, der Bezirksvorsitzende forderte Christoph am nächsten Tag zum Gespräch.

„Herr Timme, wenn Sie anderer Meinung wie die Partei sind, können wir Sie als Chefarchitekt für die notwendigen städtebaulichen Veränderungen nicht mehr halten. Überlegen Sie das bitte und treffen Sie eine Entscheidung."

Von diesem Moment an, hatte er alle wichtigen Personen gegen sich.

Als Christoph gedemütigt zu Hause eintraf, öffnete Limbrecht. Er schob ihm einen Stuhl hin und stellte sich abwartend dahinter.

Christoph wunderte sich nicht, war diesen Empfang gewohnt. Sein fünfjähriger Pflegesohn bediente ihn eben wie ein Kammerdiener aus alter Zeit.

„Wer bist du eigentlich?" fragte Christoph eines Tages. Das Kind schaute ihn treuherzig mit seinen blauen Knopfaugen an und wiederholte ganz selbstverständlich seinen Namen: „Limbrecht."

Dann griff er zu einem Steckenpferd, was eigentlich nicht mehr zum Lieblingsspielzeug eines Fünfjährigen gehörte und ritt fröhlich singend davon.

Für den nächsten Tag hatte sich wiederum eine Erzieherin zum Hausbesuch angemeldet.

„Bei Ihrem Sohn würden wir uns wünschen, er wäre zu einem Streich bereit, sozusagen mal ‚über die Strenge schlagen´. Aber nichts, Limbrecht reagiert verstört, wenn er nicht den Tisch abräumen darf."

Und wieder beteuerte Gretel Timme, dass ihr Mann viel zu gutmütig sei.

Das skeptische Gesicht der Erzieherin schien jedoch zu sagen: Irgendein Problem gibt es.

Christoph lag anschließend nächtelang wach. Er grübelte und wünschte sich, dass die eigentlichen Eltern von Limbrecht gefunden wurden.

Er verstand die Welt nicht, wollte an keiner Veranstaltung zum Thema Altstadt teilnehmen.

Es folgten mehrere unangenehme Gespräche mit Verhörcharakter.

Man drohte ihm die Entlassung an. Doch dazu kam es nicht mehr, denn die politische Situation kam durcheinander.

Es war Herbst und das Jahr 1989. Alles veränderte sich. Jetzt riefen die Menschen: „Wir sind das Volk."

Es kam zu keinen weiteren Diskussionsrunden um die Altstadt.

Christoph Timme stand plötzlich als Held da.

„Sie haben sich damals gegen den Abriss der Altstadt ausgesprochen. Heldenhaft."

Von allen Seiten kam Lob. Und Christoph Timme wehrte sich nicht. Er genoss seine Rolle.

Eines Tages stand die Kindergärtnerin vor der Tür von Timmes. Sie bat noch einmal um ein Gespräch. Warum? Limbrecht war in diesem Jahr in die Schule gekommen.

„Liebes Ehepaar Timme, ich fand es immer schon beeindruckend, wie Sie Ihren Sohn gegen den Zeitgeist erzogen haben. Mein Lob für Sie, denn so viel Mut hatten nur wenige Eltern."

Timmes waren in diesem Moment sprachlos. Bisher hatte die Erzieherin anders geredet. Aber gut so. Ihr Pflegekind ist eben doch etwas Besonderes.

Am nächsten Tag wollte Christoph dem Jungen vom Lob der Erzieherin berichten. Doch als er das Kinderzimmer betrat, hatte Limbrecht gerade eine Lieblingsvase heruntergeworfen.

„Das darf doch nicht wahr sein. Mit dir hat man nur Ärger!"

Kaum geschimpft, flogen Christoph Timme die obersten drei Knöpfe seines neuen Hemdes ab.

Aber was sind schon drei verlorene Hemdsknöpfe, wenn man stolz auf sein Pflegekind ist und als Held in die neue Zeit gehen kann.

Im dritten Einweckglas warteten Stachelbeeren. Die eingeweckten Früchte bildeten, mit ihrem süßsauren Charakter, eine köstliche Verführung.

Doch nach nur wenigen Kostproben, war das Glas leer – die Stachelbeeren verschwunden. Das Obst unterlag vermutlich, sobald Luft in das Glas gelangte, einem Auflösungsprozess.

Mein Kopf dagegen füllte sich mit einer neuen Geschichte. Doch was für Einer? Dazu kam, dass sie mich als handelnde Person einfach mit einbezog.

Die Geschichte des Max Scherfel

Max Scherfel verkörperte das Urbild eines Buchbinders. Vielleicht hatte ich mir irgendwann angelesen, dass Buchbinder hager, knorrig und zäh sind, leise sprechen und einen leicht gebeugten Rücken besitzen. Max Scherfel entsprach genau diesen Vorstellungen. Dazu betrieb er wohl den kleinsten Laden Rudolstadts, in dem immer Dämmerlicht herrschte.

Was er aber auf engstem Raum anbot und lagerte, war erstaunlich: Längst vergriffene, dazu neu gebundene Bücher, alle Arten von Stiften, Füllhaltern und Tintenfässern, dazu ein riesiges Angebot unterschiedlichster Papiere, Schreib-, Krepp- und Löschpapiere, Kartonagen, auch handgeschöpft.

War keine Kundschaft im Laden, werkelte er in seiner kleinen, an den Verkaufsraum sich anschließenden Werkstatt. Ein Ort, der in fast völliger Dunkelheit lag, denn das einzige Fenster ging zum Hinterhof.

Hier wurde jeder Einband, die schlichteste Bindung, zum souveränen Meisterwerk.

Der Schwerpunkt des Ladensortiments lag aber auf dem reichhaltigen Angebot von Radiergummis. Nie wieder habe ich eine solche Vielfalt gesehen. Es war eine Augenweide, wenn er aus den Tiefen seiner Verkaufsfächer, die in Größe und Farbe unterschiedlichsten Exemplare holte und ehrfurchtsvoll präsentierte:

„Die Bedeutung des Radierens wird unterschätzt", sagte er einmal, „eines Tages aber müssen wir darüber Rechenschaft ablegen: Ist es gut? Ist es schlecht?"

Dieser Mann wusste sie alle filigran und passend über das jeweilige Papier zu bewegen. Gern scherzte ich: „Herr Scherfel, in Ihrem Nachruf könnte stehen: Er hat ein Leben lang leidenschaftlich gut radiert."

Der eigenwillige Geruch von Papierstaub und Leim faszinierte mich von frühester Jugend. Selbst im Hochsommer blieb der Raum kühl und dunkel.

Später machte ich mir Sorgen um den kleinen Laden. Kann er überleben? Ab wann bleibt seine Tür verschlossen?

Irgendwie ging die Zeit an ihm vorbei. Die Tür blieb offen, es grüßte weiterhin der scheppernde Milchkannenton seiner Ladenglocke. Schon erklang im Halbdunkel die freundliche Stimme Max Scherfels, kam er schlurfenden Schrittes aus seiner Werkstatt.

Fast immer, nachdem mein Anliegen geklärt war, unterhielten wir uns fachkundig über Radiergummis.

„Es stimmt einfach nicht, dass nur graue und rotbraune Gummis gut radieren, auch Grüne hinterlassen keinerlei Spuren."

Meine Besuche im Laden fanden regelmäßig statt. Meist vergingen nicht mehr als zwei Wochen.

Dann folgte das Jahr meiner Ausbildung. Ich wohnte außerhalb im Internat.

Das war ein Jahr, wo sich etwas änderte.

Beim ersten Blick auf Max Scherfel spürte ich es: Er machte einen müden Eindruck, wirkte um Jahre gealtert, das Haar grauer und lichter, der schon hagere Mann noch dünner.

Das Auffälligste: An seiner rechten Hand fehlte der kleine Finger. Ich tippte auf Sorgen oder einen Unfall. Vielleicht steht die Schließung des Ladens doch bevor?

„Herr Scherfel, Sie wirken müde." Er lächelte.

„Etwas, ja, etwas. Aber keine Angst, Sie bekommen ihren Radiergummi."

„Nicht, dass Ihr Laden geschlossen werden soll?"

„Nein, nein, Sie können bei mir wie gewohnt auch noch die nächsten dreißig Jahre einkaufen."

Ich schmunzelte. Seine Übertreibung tat meiner Sorge gut.

Und dann erzählte er mir von …, von früher, diesmal der letzten Fürstin.

Max Scherfel hatte viele Geschichten im Kopf, welche in der Stille seiner Werkstatt entstanden waren.

„Gönnen Sie sich freie Tage!"

Ich deutete an, dass die ständige Dunkelheit zu gesundheitlichen Problemen führen könnte.

„Was ist nun mit dem fehlenden Finger?"

„Den habe ich mir mit dem ‚großen Konrad' wegradiert, einem Gummi, wie man ihn heutzutage nicht mehr bekommt."

Ich fragte nicht weiter.

Wieder vergingen viele Wochen, bis sich eine Möglichkeit fand, Max Scherfel in seinem kleinen Laden zu besuchen.

Aber in welche unerwartete Situation geriet ich! Es dauerte, bis der Schattenriss einer menschlichen Gestalt im Halbdunkel erahnt werden konnte. Das war Max!

„Meine Güte!" rief ich spontan und rieb mir die Augen. Es blieb bei dem Schatten. Langsam tasteten meine Augen diesen ab.

An seinen Händen fehlten doch wieder Finger?

„Herr Scherfel, heute mache ich mir wirklich Sorgen. Zeigen Sie mir bitte Ihre Hände."

Er hielt sie vor, und ich konnte sehen, dass ein weiterer Finger fehlte.

„Wie wollen Sie so als Buchbinder arbeiten?"

Er lächelte, versuchte fast entschuldigend zu erklären:

„Es fehlen nicht nur die Finger, auch zwei Zehen an den Füßen sind fort. Gar nicht zu sprechen von Zähnen, Haaren und Augenlicht."

Ich schüttelte den Kopf, vermisste in seinem selbstverständlichen Ton jegliche Logik.

„Wie sind diese körperlichen Veränderungen zu erklären?"

Er schaute mich mit großer Eindringlichkeit an:

„Habe bis Mitternacht radiert. Viele Tage hintereinander: Das übertrug sich auf die Augen, meine Hände, die Seele."

Meine besorgte Aufregung konnte ich nicht verkneifen, schließlich setzte er seine Gesundheit aufs Spiel.

„Was soll nun werden, Herr Scherfel?"

Sein schwaches Lächeln überzeugte nicht.

„Sie brauchen keine Angst um mich haben! Zwanzig Jahre sind mir noch gegönnt."

Wieder eine irritierende Zeitangabe. Meine Hilflosigkeit machte mich fast wütend. Welche Idee gab es dagegen?

„Ich kann Sie beraten, wenn es um Fragen der Geschäftsveränderung geht. Heutzutage sind neue Konzepte gefragt."

Er blieb stumm, schaute aber weiter nachdenklich.

„Herr Scherfel, wenn Sie Hilfe benötigen, bitte sagen."

Jetzt erst fand er wieder Worte.

„Natürlich. Sie sind ein guter Mensch. Danke. Aber noch geht es."

Ich zögerte Woche für Woche das Geschäft wieder zu betreten. Und doch blieb die Angst im Kopf.

Ich kam aber dann doch nicht umhin nach Max Scherfel zu schauen.

Die Ladenglocke schlug diesmal nur einmal dumpf an. Das nährte meine große Sorge. Es roch aber nach Leim und Farbe. Zum Glück.

Rundherum war es fast unheimlich still.

Ich hörte genau hin, hörte tatsächlich leise Worte aus Richtung seiner Werkstatt, die mich trösten wollten.

„Schön, dass Sie gekommen sind. Mir geht es gut. Keine Sorge. Auch wenn das Körperliche schwindet."

Doch da war zunächst niemand zu sehen.

Aber Max Scherfel stand im Raum.

Oder war es der Leimgeruch, welcher mich berauschte, zur Sinnestäuschung führte?

Meine Augen klammerten sich an Stille und Dunkelheit. Nur schwach waren seine Worte zu verstehen: „Mir geht es gut. Mir geht es wirklich gut."

„Ihnen geht es nicht gut", widersprach ich. „Wer soll das verantworten? Mache mich zum Mittäter …"

„Nein", hauchte er etwas lauter. Oder hatte ein zweites Mal die Ladenglocke angeschlagen?

Ich kam zu dem Entschluss, dass hier nur ein Arzt helfen kann.

„Herr Scherfel, warten Sie auf mich."

Schnell ging ich hinaus, um eine Telefonzelle zu suchen. Es dauerte lange, bis der herbeigerufene Arzt erschien. Er betrat mit mir den Laden, schaltete eine Taschenlampe ein.

„Ist hier irgendwo jemand? Ich sehe nichts. Nur einen dunklen Raum."

Mir war schwindlig vor Aufregung. „Er ist hier, der Herr Scherfel, der Ladeneigentümer. Man sieht ihn fast nicht." Ich bat den Arzt:

„Atmen Sie tief durch, Sie hören ihn!"

Der Arzt beugte sich in meine Richtung, war sehr skeptisch. Er suchte mit dem Lichtstrahl der Taschenlampe alle Regale, Tische, Wände ab, schaute darunter und darüber nach. Wir schauten in der Werkstatt nach…

Der Arzt schüttelte letztlich seinen Kopf. „Bitte unterschreiben Sie, dass ich da war".

„Atmen Sie tiefer. Sie werden ihn hören!"

Mein Flehen machte ihn fast wütend.

„Wollen Sie mich zum Narren halten. Sie machen sich strafbar."

Ich gab nicht auf, bat noch einmal: „Warten Sie, wir finden ihn. Es besteht Lebensgefahr."

Der Arzt ließ nicht mehr mit sich reden.

„Für mich gibt es hier nichts zu tun. Das ist ihr Problem."

Ich unterschrieb widerstrebend, und er verabschiedete sich kopfschüttelnd.

Jedenfalls war Max Scherfel im Raum. Das spürte ich und entschied hierzubleiben. Ein letztes Mal sein Kunde sein, fühlen, wie gut dies ihm tat.

Es gab keine Worte zwischen uns, Schattenbilder wehten manchmal durch die Ritzen der Tür, mal war es eine Hand, ein Kopf …

Der Buchbinder Max Scherfel wurde in dieser Nacht verwandelt. Um Mitternacht läutete die Ladenglocke, ohne dass jemand die Tür öffnete. Ein feierliches Läuten war es, ein würdevoll klingender Hymnus.

Ich habe es gewusst: Irgendwann wird hier ein Wunder geschehen.

Das Ende ist schnell erzählt. Seine Schwester verkaufte noch über Jahre den Warenbestand des kleinen Ladens. Man staunte, wie umfangreich dieser war.

Immer wieder wurden neue Karten, Papiere, Bücher und Radiergummis angeboten.

Sie stand nicht im Laden, Interessenten mussten an der Haustür zweimal klingeln.

Irgendwann war alles verkauft, das Haus abgerissen und ein schönes, radiergummigrünes neues Haus gebaut ...

Wieder war Apfelkompott eingeweckt. Auf dem Etikett konnte man das Wort „Debra Obst" lesen. Ein ganz besonderer Geschmack, mit einem Hauch Lakritze, erwartete mich. Dieses Kompott werde ich nicht vergessen. Da war Rudolstädter Tradition zu schmecken.

Seltsam, nachdem alles gegessen war, fühlte ich mich irgendwie anders. Das Gefühl lässt sich schwer beschreiben. Alle Dinge, Möbel, sogar meine Frau schienen riesengroß. War ich geschrumpft? Blödsinn! Ich benötige Ruhe für die überforderten Nerven. Danach kommt alles zurück ins Gleichgewicht. Das ist eben die Folge von Traditionsobst.

So war es dann auch! Ich schlief den ganzen Nachmittag, fühlte mich anschließend wieder auf Augenhöhe und konnte bald schon eine neue Geschichte erzählen.

Das verliebte Debramännchen

Vor Jahren lebte eine kleine, anmutige Frau in Rudolstadt, die hörte auf den Namen Fides von Rußwurm. Die Rudolstädter wunderten sich, denn Fides von Rußwurm war eine Prinzessin. Aber in adligen Kreisen, auch am Hof des Fürsten war sie nicht bekannt.

Selbst die Nachfrage beim „Rudolstädter Wochenblatt", wo man alle Neuankömmlinge in der Stadt kannte, brachte kein Ergebnis. So tappten die Neugierigen weiter im Dunkeln und musste sich mit Vermutungen begnügen.

Ihr Geheimnis aber war: Fides von Rußwurm wohnte in einem Schornstein. Allerdings nicht für alle Ewigkeit. Schon nach einem Jahr wechselte sie ihre jeweilige Behausung. Aber warum?

Ganz einfach!

Überall wo die kleine Prinzessin - und sie war wirklich sehr klein - in einen Hausschornstein einzog, zog auch das Glück mit ein. Tatsächlich ging den Leuten, sozusagen von einem Tag auf den anderen, das Tagesgeschäft besser von der Hand. Wie leicht wurde plötzlich ihr Leben. Das Brot im Haus ging nicht aus. Kaputte Kleidung war über Nacht genäht – ebenso die Schuhe repariert. Wurde jemand krank, war er schnell geheilt. Unter den Kopfkissen von Mann und Frau fanden sich Geldstücke.

Nur wussten die ahnungslosen Leute nicht, wer ihnen diesen Segen bescherte. Ein guter Geist? Oder gibt es doch die Heinzelmännchen?

Sonntags aber stand ein großer Krug, gefüllt mit Kakao, auf dem Tisch. Das Getränk dampfte noch und schmeckte köstlich.

Überhaupt war sonntags alles anders. Zuerst schüttelte sich die kleine Prinzessin und blitzschnell war der ganze Ruß, den sie ja so schätzte, von ihr abgefallen. Ruckzuck stäubte eine dicke schwarze Wolke davon und Fides von Rußwurm präsentierte sich mit ihrer ganzen zart-weißen Anmut den Augen des Betrachters.

Heute war sie mit dabei, wenn die Einwohner am Anger promenierten.

Fides lief um das Schützenhaus, an der alten Bretterbude, dem Theater, vorbei, ließ die Pörzbierhalle links liegen und entschied sich für das Gasthaus „Boucher". Aber auch dort kehrte sie nicht ein, drehte um und lief mit den jungen Leuten im Rondell.

Keiner der Einheimischen traute sich, sie anzusprechen. Die Schönheit und das vornehme Betragen der Prinzessin verbot jedes großmäulige Gerede.

Was die Rudolstädter am meisten beeindruckte waren ihre seidenen Handschuhe. So mancher sprach dabei: „Das ös su was fär de neimodsche Rasse, die soll mer so alle mit Handschuhn anfasse."

Niemand ahnte, wo Prinzessin Fides von Rußwurm wirklich wohnte.

Nun lebte im Umfeld der Stadt noch ein anderes geheimnisvolles Wesen: Das Debramännchen.

Den Rudolstädtern war der kleine Wicht bekannt, allerdings mieden sie ihn. Warum? Ganz einfach! Weil er weder sich noch seine Kleidung je im Leben gewaschen hatte. Deshalb stank er fürchterlich. Die Haare sträubten sich dem ahnungslosen Wanderer, zog er am Wohnort des Männchens, dem Hügel mit dem Namen Debra, vorbei.

Sein lausiges Haar verbarg es unter einem spitzen Hut. Und mit der braunen, auffällig zerrissenen Hose und der knopflosen Jacke sah es aus wie der erbärmlichste Bettler. Die Rudolstädter waren sich im Urteil einig: „On warfste´n epper an de Wand, da blieb´r gleich vor Dracke klaben."

So blieb das Debramännchen auch allen Geselligkeiten in der Stadt fern.

Einmal wollte es doch sehen, was die Rudolstädter am Sonntag auf ihrem geliebten Anger trieben. Es schlich sich heimlich zu den oberhalb verlaufenden Bahngleisen der ganz frisch eingeweihten Bahnstrecke.

Hier war das Debramännchen genau richtig. Das Leben auf dem Anger ließ sich unbemerkt beobachten.

Und der Gestank stammte natürlich vom letzten, den Bahnhof verlassenden Zug.

„Ach, ist das schön!" sagte sich das Debramännchen, seufzte dabei leise.

Wie schick sie alle aussehen und fröhlich miteinander umgehen. Ich armer Wicht bin immer allein. Immer! Diese eingebildeten Menschen machen einen Bogen um mich. Warum? Weil ich mich eben nicht gern wasche. Ist das schlimm? Deswegen habe ich aber doch ein gutes Herz.

Musiker spielten in einem Pavillon, und manche Leute tanzten auf der Wiese davor. Die Musik steckte an und verleidete selbst das Debramännchen zu einem vorsichtigen Hüftschwung.

Plötzlich aber sah es die anmutige Gestalt der kleinen Prinzessin Fides von Rußwurm. Was ist das für eine wunderschöne Person, so vornehm, nicht größer als er, trägt sie Handschuhe von Seide?

Doch plötzlich war die schöne Erscheinung wieder verschwunden.

Das Debramännchen suchte und suchte ... Umsonst!

Eine traurige Woche war die Folge.

Nächsten Sonntag aber wollte es erneut das Leben am Anger beobachten. Vielleicht kommt dann auch jene unbekannte Schöne wieder?

Der verliebte Wicht wartete. Es dauerte nicht lange, da sah er sie, anmutig, mit weißer, federleichter Kopfbedeckung und seidenen Handschuhen. Wie ungewohnt schnell klopfte sofort sein Herz.

Jeder Schritt der kleinen Person wurde verfolgt. Dazu spielten wieder Musiker im Pavillon die beschwingtesten Melodien.

Alles passte so gut. Doch schnell war die Prinzessin erneut verschwunden. Das Debramännchen raste vor Wut, und die Rudolstädter glaubten, ein eisern donnernder Zug kündigte sich an.

Für den nächsten Sonntag jedoch nahm sich der verliebte Wicht vor, noch besser aufzupassen.

Als Prinzessin Fides von Rußwurm erschien, sprang er vom Bahndamm hinunter und folgte ihr sofort.

Die Angebetete lief Richtung Stadt, in eine der Straßen, um dort, an der ältesten Hauswand entlang, aufs Dach zu gelangen. Kaum angekommen, schüttelte sie die weiße Reinlichkeit ab, hüllte sich in ein seltsames, schwarzes rußiges Kleid. Und dann verschwand sie im ersten großen Schornstein des Hauses.

Das Debramännchen traute seinen Augen nicht. Das konnte es doch nicht gewesen sein. Alles ein Spuk, ein hinterhältiger Zauber?

Diesmal wollte es nicht aufgeben. Und Fassadenklettern ist ihm kein Problem. Also sprang das Männlein hinauf aufs Dach des Hauses und schaute in den ersten Schornstein. Da war nichts außer Dunkelheit zu sehen.

„Hallo!" rief es. Und noch einmal: „Hallo!"

Fides reagierte, kletterte herauf:

„Was suchst du hier?"

Der Wicht überwand seine Fassungslosigkeit und antwortete: „Dich! Du bist so schön!"

Fides schüttelte den Kopf, dass es etwas Ruß stäubte und er husten musste. „Woher weißt du das?"

„Ich habe dich beobachtet, am Anger. Dreimal. Du warst ganz weiß gekleidet, trugst eine federleichte Kopfbedeckung und seidene Handschuhe."

Wieder schüttelte sie den Kopf. Diesmal ging das Männlein rechtzeitig auf Abstand, bekannte, „Du bist nicht größer als ich, aber so schön. Noch nie habe ich ein Wesen von solcher Schönheit gesehen. Schon gar nicht in Rudolstadt."

Sie lachte laut auf: „Du kommst nicht viel rum in der Welt. Hier gibt es viele schöne Menschen. Und ich bin nicht geeignet für eine Liebe. Ich mag die Dunkelheit der alten Schornsteine, ihr ehrwürdiges rußiges Innere. Ich liebe es, dem Rauch zuzuschauen, wenn er sich tänzelnd in die Welt bewegt. Dann necke ich den Wind, denn der kann pusten und pusten ..., der Rauch der Schornsteine tanzt trotzdem so, wie ich es will. Außerdem liebe ich die armen, fleißigen Menschen unten im Haus. Wundervolle Geschöpfe. Mit dir aber will ich nichts zu tun haben, denn du wäschst dich nicht und stinkst fürchterlich."

Das Debramännchen reagiert beleidigt: „Meinst du, aus deinen Schornsteinen steigt nur Parfüm?"

Die Antwort der Prinzessin: „Der Schornstein pustet den Rauch in die Welt. Das ist seine Aufgabe.

Du aber bist zu faul zum Waschen und stinkst. Die Leute sagen, auf deinen Tellern, in deinen Gläsern findet sich nur Dreck. Nein, so einen kann ich nicht lieben!"

Sie hatte es gesagt und war gleich wieder im Schornstein verschwunden.

Das Debramännchen ärgerte sich sehr, später wurde es nachdenklich. Was hilft's! Wollte es die Prinzessin gewinnen, musste sich in seinem Leben etwas ändern. Also zog es zurück auf den Berg, welchen die Rudolstädter Debra nennen. Drei Tage grübelte der kleine Mann darüber, was sich ändern muss. Natürlich! Waschen! Am besten mit Seife! Schon ging es los. Er suchte seine Lieblingspfütze, die Krötenlache, auf. Doch darin kann man sich nicht im Sinne der Prinzessin sauber waschen. Die Krötenlache war eine dunkle, schlammige Brühe. Also schlich es zum Wasserfass von Fischers Gottlieb. Der hatte dieses in seinem Garten auf der Debra stehen.

Als das Männchen gerade hineinspringen wollte, kam noch ein anderer besorgter Gedanke. Natürlich! Nach dem Waschen müssen frische Kleider her. In seiner Höhle stand eine Kiste. Darin war das ganze Erbe seiner Familie verstaut. Da müssten auch andere Kleidungsstücke dabei sein. Hundertfünfzig Jahre hatte es nicht mehr hineingeschaut. Warum auch? Sein Leben verlief in gewohnten Bahnen. Dass die

Leute ihm seine Scheu vor dem Waschen nachredeten, störte nicht.

In der großen Kiste, ganz hinten rechts, befand sich sogar ein Stück Kernseife. Die Ahnen haben wohl gewusst, dass es sich eines Tages waschen müsste.

Der nächste Sonntag kam schnell. Das Debramännchen wartete bereits, wie aus dem Ei gepellt, auf dem Oberanger. Prinzessin Fides von Rußwurm spazierte leichten Fußes, schön und sauber daher. Sie sah ihren Verehrer.

Das Debramännchen kleidete eine knielange dunkle Hose, dazu ein helles Jäckchen mit einem goldenen Knopf in der Mitte. Die Prinzessin dagegen trug die gewohnte Kopfbedeckung, ein langes weißes Kleid mit Rüschen, und die vornehmen, seidenen Handschuhe.

Die kleinen Persönchen promenierten unter den Augen der Rudolstädter über den Anger.

Wer sind diese beiden, fragte sich so mancher.

Nachdem ausreichend promeniert wurde, begleitete das Männchen seine Angebetete zu deren Wohnort. Dort erkletterten sie gemeinsam das Dach.

Die Prinzessin schaute ihn eine Weile nachdenklich an, entschied dann: „Na gut, komm noch ein Stündchen in mein Stübchen."

Im Schornstein befand sich wirklich eine recht große Stube. Die Wände waren erstaunlich hell, kein Ruß weit und breit. Sie bot ihm von einem Teller schwarze Lakritze an. Die schmeckte fürchterlich. Dann wollte die Prinzessin tanzen. So drehten sie sich nach Musik im Kreis.

„Wo kommt die Musik her?" fragte das Debramännchen.

„Das ist der Wind, welcher durch die unterschiedlich großen Ritzen des Schornsteines eine schöne Melodie pfeifen kann."

Nach einer Stunde forderte sie ihn auf, nach Hause zu gehen.

Dem Debramännchen war inzwischen ganz schwindlig vom vielen Tanzen. Benommen verabschiedete es sich, kletterte aus dem Schornstein wieder hinaus auf das Dach.

Beim Hinunterklettern schien es ihm, als sei das Haus hundert Jahre älter geworden. Da bröckelten der graue Putz und eine Fensterscheibe war kaputt.

Die nächsten Tage lag das Männchen wie krank in seiner Höhle. Wartete nur sehnsüchtig auf den nächsten Sonntag.

Vorher aber sprang es, mit der scheußlich in den Augen brennenden Kernseife, in das Wasserfass von Fischers Gottlieb.

Der nächste Sonntag kam und der verliebte Wicht stand wieder frisch gewaschen, nach Kernseife riechend, auf dem Oberanger.

Als das Männlein dann mit Prinzessin Fides von Rußwurm promenierte, waren die beiden erneut Gesprächsthema.

Die Leute steckten wieder ihre Köpfe zusammen, tuschelten und spekulierten. Vergebens. Dazu spielte, wie jeden Sonntag, die Musik im Pavillon.

Anschließend verschwand das Pärchen.

In der großen Stube des Schornsteines gestattete die Prinzessin dem Männchen ein Stündchen zu bleiben.

Sie bot erneut auf einem großen Teller Lakritze an.

Auch diesmal schmeckte diese nicht besser. Danach tanzten beide nach der Musik, die der Wind durch die Ritzen des Schornsteines pfiff.

Pünktlich forderte Fides ihren Verehrer auf, zu gehen. Schweren Herzens folgte das Männchen, ohne nicht vorher noch ein Stündchen Verlängerung auszuhandeln.

„Nein, nein", blieb die Prinzessin eigensinnig, „eine Stunde tanzen genügt."

Das Debramännchen kletterte also traurig aus dem Schornstein hinunter in die Welt.

Diesmal wirkte das Haus noch älter. Was war da nur vorgefallen, dass so viele Fenster kaputt waren? An der Fassade fehlte ein Großteil des Putzes. Die Haustür hing schräg und die steinernen Sitzflächen, links und rechts, zeigten Risse.

Da dem Debramännchen so viel Schwindel in den Kopf gestiegen war, konnte es nicht darüber nachdenken. Drei Tage brauchte es bis zur völligen Genesung. Blieb es in seiner Höhle, den Liebesschmerz im Bauch.

Vor dem nächsten Sonntag kletterte das Männlein erneut vorsorglich in Fischers Gottliebs Regenfass.

Und dann ging es im sauber gewaschenen Zustand zum Rudolstädter Oberanger. Dort lief alles genauso wie an den vorhergegangenen Sonntagen ab.

Die beiden promenierten stolz zur Musik und die Einheimischen tuschelten.

Danach begleitete es die Prinzessin für genau eine Stunde in ihren Schornstein. Dort aßen sie schwarze Lakritze und tanzten. Auch diesmal bat sie das Männchen, pünktlich zu gehen.

„Lass uns wenigstens eine Stunde länger zusammenbleiben", bettelte dieses. Umsonst!

Warum schaute Fides von Rußwurm so traurig?

Um die Prinzessin nicht zu verlieren, verabschiedete es sich artig, stieg aus dem Schornstein und dachte dabei: „Nächsten Sonntag komme was da wolle. Ich bleibe!"

Fast wäre der Wicht in die große Lücke auf dem inzwischen völlig kaputten Dach gefallen. Überall fehlten Ziegel, und die Balken wirkten altersschwach. Er hatte Mühe sich fortzubewegen. Geschafft! Aber wie erbärmlich sah das Haus heute aus! Alle Fenster kaputt, die Rahmen ausgebrochen. Der Putz war ganz abgefallen, die Vorderseite wölbte sich zur Straße zu. Das einst so prächtige Haus glich einer Ruine.

Hier kann doch die Prinzessin unmöglich länger wohnen, dachte er. Sprach vor sich hin: „Nächsten Sonntag hole ich sie da heraus. Sie soll mit zu mir in meine Debrahöhle ziehen. Ganz bestimmt kann sie daraus ein Schmuckstück machen."

So fest entschlossen blieb es drei Tage im Bett, um das übliche Schwindelgefühl im Kopf auszukurieren.

Am nächsten Sonntag spielten die Musiker wie gewohnt, doch die Prinzessin kam nicht. Nervös hüpfte das Debramännchen von einem Fuß auf den anderen. Wo bleibt sie?

Inzwischen war eine Stunde bereits vergangen. Nichts. Keine Prinzessin Fides von Rußwurm weit und breit. Von dem Gehüpfe war dem Männchen bereits schwindlig. Es wollte sie doch heute in seine Höhle einladen!

Das Debramännchen rannte besorgt los.

Aber was war das? Dort, wo letzte Woche noch das Haus stand, klaffte diesmal eine Lücke. Einige aufeinandergestapelte Balken und ein Steinhaufen erinnerten daran, dass hier ein Haus gestanden haben muss.

Wo ist die Prinzessin? Liegt sie erschlagen unter den Steinen?

Das Männchen raste vor Angst und Verzweiflung. Es schluchzte und heulte laut, dass vorüberkommende Passanten erschrocken stehen blieben. Mit seinen kleinen Händen warf es Steine beiseite, suchte vergebens nach der Geliebten.

Da fiel ihm ein schwarzer Brief auf. Das Männchen griff danach. Drinnen befand sich ein Blatt Papier, auf dem ein letzter Gruß von ihr stand. „Mein Liebster, du bist jetzt bestimmt traurig und verzweifelt! Bitte sei es nicht! Such auch nicht nach mir. Ich bin weitergezogen, um anderen Menschen Glück zu bringen. Das geht nur, wenn ich so lebe wie bisher. Das ist meine Bestimmung. Lebe wohl! Prinzessin Fides von Rußwurm."

Im Umschlag fand es noch ein Stück Lakritze. Die schmeckte heute ungewohnt süß.

Das Männchen zitterte am ganzen Leib. Jetzt stand es fest: Die Prinzessin hatte ihn verlassen.

Viele Wochen verließ das Männchen in seiner Verzweiflung nicht mehr die Höhle auf der Debra. Manche Anwohner meinten schon, es wäre weitergezogen. Irgendwann konnte es zwar wieder aufstehen, bewegte sich aber über Monate nicht mehr im Freien. Es raste vor Liebeswahn durch einen der unterirdischen Rudolstädter Gänge. Davon bebte so sehr die Erde, dass die Leute an ein Erdbeben glaubten. Im Rudolstädter Wochenblatt von damals schrieb man darüber.

Ob das Debramännchen je seine Prinzessin wiedergesehen hat, ist nicht bekannt. Vielleicht. Vielleicht auch nicht …

Das nächste Glas ließ sich anfangs nicht öffnen. Ich versuchte mit einem Messer zwischen Einweckring und Deckel zu kommen, wartete auf das lösende Zischen. Nichts. Das Glas wehrte sich, wollte vielleicht seinen Inhalt der Öffentlichkeit nicht preisgeben.

Als es dann endlich doch „Zisch" machte, sich vom Deckel leider kleine Splitter gelöst hatten, fand ich Preiselbeeren im Glas. Das war von außen nicht gleichsichtbar gewesen.

Welche Geschichte damit verbunden war, auch nicht!

Der geheimnisvolle Nachtwächter

Wo kommt nur der ganze Schnee her? Am 27. Dezember des Jahres 1756 scheint beschlossen, das ganz Rudolstadt unter einer Schneedecke begraben wird – es schneit und schneit und schneit.

Der alte Fritsche seufzt. Er muss dafür sorgen, dass die Gäste des Balles am Abend unbeschadet in den Saal der ‚Pörze´ gelangen. Aber was kann er gegen den vielen Schnee tun? Wieder wegschaufeln? Doch der fällt in einer Dichte, dass Fritsche seine knorrige Hand nicht vor den Augen sieht.

Unzufrieden schnäuzt er in ein braunes Stück Stoff und murmelt: „Soll der Teufel den Ball holen! Bei solch einem Wetter kann man eben nicht tanzen." Dann stellt er die Schaufel an die Hauswand und verschwindet im Keller.

Gegen Abend hört es tatsächlich auf zu schneien, als hätte das Wetter ein Einsehen mit den Ballgästen in der ‚Pörze´.

„Fritsche" schallt die ärgerliche Stimme des Wirtes durchs Haus, „Fritsche, mach dich an die Arbeit! Es hat aufgehört zu schneien." Aber Fritsche ist vorerst nicht auffindbar. Später ist zu spät, da hat sein selbstgebrannter Schnaps bereits für zu viel Eigenwärme gesorgt. Und warum soll, wer nicht mehr friert, Schnee zu Seite schaufeln?

Der Wirt ist ärgerlich, eine Stunde und die ersten Gäste könnten eintreffen. Also macht er sich mit seinen zwei Söhnen selbst ans Werk. Gegen 19 Uhr sind der Eingang und eine Gasse vom Stellplatz der Kutschen so etwas wie begehbar.

Der Weihnachtsball vom 27. Dezember des Jahres 1756 ist für einige Stunden frei geschaufelt und damit gerettet.

Die Gäste treffen ein und erreichen auch das Gasthaus.

Ein kleines Orchester sorgt für ausgelassene Tanzmusik, lässt die Menschen das Wetter vergessen.

Draußen schleicht der zwölfjährige Sohn des Nachtwächters Grosser ums Haus. Er ist neugierig auf die Welt der Erwachsenen, will sehen, was auf einem Ball alles passiert. Wie vornehm die Leute angezogen sind. Der geizige Kaufmann Schnapp, seine Frau am Arm führend, lächelt heute sogar, sieht aus, wie ein aufgeputzter Hahn. Ebenso rücken Doktor Meyer und sein Nachbar Herr Günsche mit ihren vornehmen Frauen an. Der Glanz von Weihnachten wird sichtbar. Und er ist zu riechen. Wie das duftet!

Der Junge hört durch die geschlossenen Fenster Musik. Die Töne hüpfen oder drehen Kreise. Das ist wunderbar!

Die Leute will er sehen, zuschauen wie sie tanzen, alles was in dem Saal passiert. Aber dieser liegt in der ersten Etage des Hauses und es besteht keine Chance, da hineinschauen zu können.

Doch ein zwölfjähriger Junge, dazu noch der Sohn vom Nachtwächter Grosser, hat Ideen. Erst denkt er an eine Leiter. Von zu Hause eine umständlich holen müssen, das will er nicht. Schnee liegt genug, allerdings nicht ausreichend hoch, um in die Fenster schauen zu können. Da sieht er, direkt gegenüber vom Gasthaus, einen riesigen Bretterstapel. Wahrscheinlich plant der Wirt für das Frühjahr einen Zaun zu bauen. Der Junge schätzt, die Höhe des Stapels könnte reichen, um in die Fenster zu schauen. Er muss eben aufpassen beim Hochklettern. Die Musik spielt lauter und schneller, es reizt ihn zu sehr einen Blick in den Ballsaal der ‚Pörze´ zu werfen. Und Klettern ist kein Problem für ihn.

Also zieht er sich von Brett zu Brett höher, immer wieder die Festigkeit des Holzes prüfend. Kommt etwas ins Rutschen, probiert er eine andere Stelle aus. So dauert es längere Zeit, bis der Junge wirklich oben ankommt.

Jetzt bebt der Bretterstapel leicht. Doch er kann das Beben sicher ausbalancieren. Sein Mut wird belohnt mit einem direkten, unverstellten Blick in den Ballsaal. Wie viele Kerzen da wohl brennen mögen? Es ist sehr hell. Wahrscheinlich gibt es solch einen Glanz sonst nur auf Schloss Heidecksburg und im Paradies.

Das ist ein Frohes Weihnachten. Durch das Glas der Fenster zerfließen die Konturen der Leute. Hier sind Kaufmann Schnapp oder Doktor Meyer nicht mehr genau auseinanderzuhalten. Manche tanzen, andere stecken die Köpfe zusammen, erzählen miteinander. Vielleicht berichtet der Kaufmann Schnapp gerade vom Diebstahl des Grosser Jungen vor einem Jahr: Es waren wirklich nur einige Zuckerstückchen gewesen. Schnapp hat es zwar vermutet, aber nicht beweisen können. Seitdem ist er wütend und spricht immer davon, dass jeder Dieb eines Tages seine gerechte Strafe erhält.

Die Musiker sind leider unsichtbar. Gerade diese hätte er gerne beim Musizieren beobachtet.

In diesem Moment wird das Beben des Bretterstapels stärker, unberechenbar. Mehrere Bretter, auf denen der Junge sitzt, kommen ins Rutschen. Anfangs versucht er diesen Bewegungen auszuweichen – es gelingt nicht. Der ganze Stapel scheint in sich zusammenstürzen zu wollen. Der Junge kann jetzt nur noch springen. Aber es ist so tief. Schon gibt es keinen Halt mehr. Unter ächzenden Donnergeräuschen bricht die gesamte Konstruktion zusammen.

Der Knabe springt, kommt auf dem Boden auf, spürt einen Schmerz im rechten Fuß. Fürchterlich! Er muss trotzdem schnell fort, sieht dabei nicht, wie mehrere der Bretter, Meteoriten gleich, seinen Kopf treffen. Er spürt kurz die Wucht ihres Aufpralls, hört ohrenbetäubende Musik, ehe es Nacht und ganz still wird. Der Junge erfährt nicht mehr, dass ein Teil des Holzhaufens ihn unter sich begraben hat.

Ob jemand der Ballgäste dieses fürchterliche nächtliche Krachen gehört hat, wurde nicht überliefert.

Erst später, es ist Fritsche, der aus seinem Rausch erwacht ist und plötzlich meint, Schnee schaufeln zu müssen - er jedenfalls sieht, was geschehen ist. Der Bretterstapel war in sich zusammengebrochen. Die ganze Arbeit umsonst!

Wieder murrt er leise vor sich hin: „Die feinen Leute vergnügen sich, und ich habe die Arbeit." Aber was bleibt ihm, der auf ein Gnadenbrot vom Wirt der ‚Pörze‘ angewiesen ist, für eine Wahl?

Ausgerechnet der arme Fritsche muss den toten Jungen vom Nachtwächter Grosser unter den ganzen Brettern entdecken. Der überforderte Mann schreit seine Verzweiflung in die Nacht. Er rennt ins Haus, ruft immer wieder: „Der Junge ist tot. Der Junge vom Grosser ist tot." Da erst reagieren die Leute, und der Ball wird für beendet erklärt. Es ist ein Heulen und Klagen in dieser Dezembernacht.

Welche Tragik für den herbeigerufenen Grosser! Da seine Frau vor zwei Jahren verstorben war, lebt er mit dem Jungen allein. Dieser ist sein großes Lebensglück. Und nun ...

In den nächsten Nächten konnte er nicht mehr seinem Beruf nachgehen. Eine lähmende Trauer erfasste ihn. Überhaupt wollte er nie mehr Nachtwächter sein, und drei Tage später nahm er sich das Leben.

Diese ganze tragische Geschichte wäre in Vergessenheit geraten, hätte der leidenschaftliche Hobbyhistoriker Friedrich Zeisig sie nicht in einer alten Chronik des Stadtarchivs wiedergefunden. Er suchte schon länger nach Erklärungen, warum es im Bereich der Pörze, regelmäßig alle zwölf Jahre, das seltsame Erscheinen von fünf riesengroßen anonymen Bretterstapeln gibt.

Doch der Reihe nach!

Am 27. Dezember 1996, während eines Stammtischgespräches, wurde Zeisig von einem Bekannten erzählt, dass es rund um die ‚Pörze' immer wieder solche plötzlichen Bretterstapel gibt.

Der Bekannte wohnte im Bereich der ‚Pörze', und konnte sich die Herkunft dieser Holzgebilde nicht erklären.

Am Stammtisch kam es zu einer kurzen nachdenklichen Pause, ehe der Erzähler mit Flüsterstimme fortsetzte: „Ich habe noch mehr beobachtet! Ein unbekanntes Wesen im langen grauen Mantel, die Kapuze über den Kopf gezogen, dazu Windlicht und Hellebarde tragend, schlich um das Gelände. Es sah aus wie der Tod! Jedenfalls war alles schauderhaft.

Erst am nächsten Morgen habe ich mich auf die Straße gewagt.

Doch da waren die fünf Bretterstapel wieder verschwunden."

Diese Gruselgeschichte hinterließ bei allen Zuhörern Eindruck. Friedrich Zeisig wollte der Sache genauer auf den Grund gehen.

Von nun an begann er mit seinen Recherchen rund um die ´Pörze´, wurde diese Forschungsarbeit sein Lebensinhalt.

Alle Details seiner fleißigen Forschungsarbeit aufzulisten, wäre sehr aufwendig.

Daher nur die wichtigsten Ergebnisse!

So fand er im Tagebuch des Fürsten Friedrich Ludwig folgende Eintragung:

„27. Dezember 1792, die seltsame, sich alle zwölf Jahre wiederholende Erscheinung der fünf Holzstapel in der Pörze wird angekündigt. Große Aufregung unter der einheimischen, abergläubigen Bevölkerung. Um die Stadt vor Unruhen durch die aufgebrachte Menge zu bewahren, wird das gesamte Areal von Militär, unter Aufsicht von Oberstleutnant Gebel bewacht."

In den Eintragungen vom 28. Dezember findet sich dann die enttäuschende Notiz:

„Viele Neugierige waren am Abend zur Pörze gekommen. Wurden aber vom Militär abgehalten weiter vorzudringen. Die Meute zerschlug sich und es blieb glücklicherweise ruhig. So ruhig, dass die gesamte Mannschaft an Soldaten einschlief. Es war nicht so kalt, dass sie sich Erfrierungen zuzogen."

Vermutlich haben die schlafenden Soldaten nichts von dem Erscheinen der Bretterhaufen, sowie dem Spuk einer unheimlichen nächtlichen Gestalt, mitbekommen.

Bis zu diesem Zeitpunkt, hatte sich in der Rudolstädter Bevölkerung die Erinnerung an die Tragik des Unglückes von 1756 erhalten. Seitdem kam es alle zwölf Jahre zu dieser Erscheinung. Eine magische Zahl, denn zwölf Jahre war der Junge vom Nachtwächter Grosser gewesen.

Eine weitere wichtige fürstliche Tagebucheintragung gibt es am 27. Dezember 1804:

„Wieder hat Militär rund um die Pörze Stellung bezogen. Abergläubiges Volk fand sich bereits Mittag ein. Soldaten hatten strengste Anordnung, nicht einzuschlafen." Und einen Tag später:

„28. Dezember, Soldaten fielen wieder in einen festen Schlaf. Nur Feldwebel Glück schaffte es über einen längeren Zeitraum dagegen anzukämpfen. Glück berichtet später von fünf großen Bretterstapeln, welche sich vor seinen Augen auftürmten. Allerdings wurde auch er von einem ihm unerklärlichen Dämmerzustand so gelähmt, dass er nicht einschreiten konnte. Es ist zu vermuten, dass alle Soldaten einer mysteriösen Rauschwirkung zum Opfer fielen."

Der damals regierende Fürst Friedrich Ludwig war ein Aufklärer, der gegen den zeittypischen Aberglauben vorgehen wollte, dem die aufklärerische Bildung am Herzen lag.

Nach seiner Regentschaft bleibt es still um die Ereignisse an der Pörze. Jedenfalls fand Zeisig keine Aufzeichnungen über diese Ereignisse, weder 1816 noch die Folgejahre.

Erst 1876 finden die Begebenheiten, diesmal im Rudolstädter Wochenblatt vom 28. Dezember, Erwähnung.

„Der Fabrikant Richter, welcher in Rudolstadt sesshaft wird, empfiehlt sogar eine Sprengung der gespenstigen Bretterhaufen."

Das geschieht noch in der Nacht vom 27. Dezember. Bei dieser Aktion verunglücken drei Soldaten, werden schwer verletzt und ins hiesige Lazarett gebracht. Damit wollte man dem Spuk für alle Zeiten ein Ende bereiten.

Ob es gelungen ist, wurde nicht überliefert. Zumindest trat wieder einige Jahrzehnte Ruhe ein, war der Spuk in der ´Pörze´ kein Thema.

Zeisig jedoch fand für den 28. Dezember 1936 eine weitere Zeitungsnotiz.

„Am Morgen des 28. Dezembers wurden einige Rudolstädter Bürger verhaftet. Es waren Teilnehmer einer nicht genehmigten Versammlung im Saal der Pörze. Sie versuchten, mit abergläubischen Geschichten Unruhe zu stiften, und die Kraft des deutschen Volkswillens damit zu schwächen."

„Juden und Kommunisten provozieren", stand es in der Rudolstädter Zeitung. Damit war die Sache erledigt. Zeisig wusste, es konnte sich nur um Berichte über die Erscheinung der fünf Bretterstapel und die Spukgestalt handeln.

Wieder trat Ruhe in der Berichterstattung ein.

In der lokalen Zeitung „Volkswacht" vom 28. Dezember 1960 fand sich folgende Nachricht:

„Angehörige der Arbeiterkampfgruppe entfernten gestern fünf hohe Bretterstapel rund um die Pörze. Augenzeugen berichten, dass sie eine westlich gekleidete und bewaffnete Person beobachtet hatten. Es stellt sich die Frage: Welche Dummheiten lassen sich diese in die Irre gelenkten westlichen Provokateure noch einfallen?" Dann folgte ein Vierzeiler:

„Und in dem kalten Winter,
da schmeckt ein Pörze Bier
den Bonner Wunderkindern
genau wie dir und mir."
Seit diesem Eintrag in der „Volkswacht" ist das ‚Pörzethema' kein Thema mehr.
Seltsam, dass es auch in der Bevölkerung nicht mehr öffentlich darüber diskutiert wurde. Für die Jahre 1972 und 84 finden sich keine Nachweise.
Wie schon erwähnt, 1996, am Abend des 28. Dezembers, zum regelmäßigen Stammtisch, erfährt Friedrich Zeisig von den Ereignissen. Er forscht, weiß zugleich, dass er zwölf Jahre auf die nächste Erscheinung warten muss. Das verlangt dem unermüdlichen Forscher viel Geduld ab.
Im Dezember 2008 schmiedet Friedrich Zeisig mit jenem Bekannten, einem gewissen Herbert Pohl, einen Plan. Pohl war neugierig, mutig und an der Aufklärung der Ereignisse genauso interessiert.
Am Abend des 27. Dezembers verabredeten sich die beiden Herren vor dem alten Gebäude der ehemaligen Brauerei Pörze.
Der milde Winter dieses Jahr, war längst nicht so schneereich wie jener von 1756.
„Herr Zeisig", fragte Pohl leise, „alles okay?"
Dieser lächelte und bestätigte mit einem kurzen „Ja".
„Wie lange werden wir warten müssen?"
Zeisig überlegte. Eine genaue Uhrzeit fand sich in keiner der Aufzeichnungen.
„Schade um die Brauerei", brummte er nachdenklich vor sich hin.
Langes, unbestimmtes Warten erfordert viel Kraft. Es ist die Frage, ob überhaupt etwas passiert. Wenn

doch, werden sie Zeugen eines, alle wissenschaftliche Logik sprengenden Ereignisses.

„Mein Bauch sagt mir, heute Nacht passiert etwas Ungewöhnliches" behauptet der inzwischen etwas frierende Pohl.

Er steckte beide die Hände tief in seine Taschen, lief schweigend vor dem Gebäude hin und her.

„Es wird gefühlt immer kälter", behauptet auch Zeisig. Im Kopf rechnete er noch einmal die Jahre durch, um sicher zu gehen, dass sie keinem Irrtum aufliegen.

Dann registrierte er eine aufkommende Müdigkeit. Er muss auf der Stelle hüpfen, sich bewegen, um dieser nicht zu erliegen. Die historischen Berichte beschreiben immer wieder, diese unerklärlich starke Müdigkeit.

Wo war eigentlich Herbert Pohl? Hatte er doch aufgegeben und war nach Hause gegangen?

Zeisig sah ihn, in einem etwas entfernten dunklen Winkel des Gebäudes bewegungslos stehen.

Im schwachen Licht der Taschenlampe wirkte er verändert.

„Herbert, durchhalten. Bewege dich. Willst du einen Schluck Kaffee?"

Friedrich Zeisig zog seine Thermoskanne aus dem Rucksack.

Doch dessen Gesicht wirkte fremd, war von Kummer und einem unerklärlichen Schmerz gezeichnet – die Augen rollten dunkel in einem bleich glänzenden Schädel. Einen Mund schien es nicht zu geben. Als Zeisig näherkam, hob der den Kopf und sah ihn an. Das war nicht Herbert Pohl. Er trug auch nicht dessen Kleidung, sondern einen langen grauen Mantel.

Zeisig verschlug es, im wahrsten Sinne, die Sprache. Ihm gelang nur eine kurze, misstrauische Frage:

„Alles in Ordnung?"

Die Person, welche nicht Herbert Pohl war, hatte die Kapuze des Mantels über den Kopf gezogen.

Der erschrockene Zeisig, spürte plötzlich die Kälte der Nacht.

Da erklang ein bisher ungehörtes, leises grollendes Geräusch hinter ihm. Als er sich umdrehte, lag ein riesiger meterhoher Haufen Bretter auf dem Platz.

Der Erste. Da war sie, die lang erwartete Erscheinung. Vor Aufregung zitternd sprang Friedrich Zeisig diffus hin und her. Ein lauter Schrei war seine einzige Möglichkeit auf das Unfassbare zu reagieren

Schon gab es einen zweiten Bretterhaufen, rechts vom Ersten. Und dann der Dritte, Vierte, Fünfte.

Das unheimliche Geschehen nahm seinen Lauf.

Zeisig kam immer zu spät, sah nicht, wie die vielen Bretter aufgestapelt wurden.

Alle Zeitzeugen hatten recht – es gibt diese rätselhaften Erscheinungen.

Friedrich Zeisigs Forschung hat sich gelohnt. Ein epochaler Paukenschlag für die Wissenschaft. Gibt es doch das nicht Erklärbare?

Die graue Spukgestalt war inzwischen verschwunden. Dafür sah Friedrich Zeisig seinen Bekannten, Herbert Pohl wieder.

Dieser stand abseits, wirkte, beim Näherkommen, sehr müde. Hatte ihn der Schlaf doch kurz besiegt?

Plötzlich klingelte sein Handy. Er nahm den Anruf an, hörte hinein, plötzlich folgte ein kurzer Schrei.

„Mein Sohn ist bei einem Freund so ungünstig gestürzt, dass er sofort auf die Chirurgie gebracht wurde. Ich muss dich verlassen und nach Hause gehen."

Er lief zu seinem Auto, fuhr davon, und Friedrich Zeisig blieb allein auf dem Platz vor der ‚Pörze' zwischen den fünf Bretterhaufen zurück.

Was nun? Eine Erklärung für alles gab es sowieso nicht. Also nahm er seinen, ebenfalls im Rucksack befindlichen Fotoapparat, für ein Beweisfoto. Ausgerechnet jetzt funktionierte aber der Apparat nicht. Der Akku? Das Unerklärliche nahm seinen Lauf.

Mit Hilfe von Selbstgesprächen versuchte der frierende Zeisig durchzuhalten:

„Du schaffst das!", „Halte durch!"

Hoffentlich ist nicht wirklich Schlimmes mit Herbert Pohls Sohn passiert.

Zeisig war nun der einzige Wächter dieser Holzhaufenerscheinung. In diesem Moment legte sich erneut die Müdigkeit, wie ein schwerer Soldatenmantel auf seine Augenlider, den Kopf, seinen ganzen Körper.

Ja, Friedrich Zeisig, der leidenschaftliche Forscher ist wirklich eingeschlafen. Punkt. Aus. Es ist passiert. Er ist dem, von allen Zeitzeugen beschriebenen Rausch erlegen.

Als er munter wurde, es war bereits gegen Morgen, waren die Bretterhaufen verschwunden. Die Kälte versetzte seinen Körper in völlige Starre. Irgendeine Stimme flüsterte ihm jetzt zu:

Du musst sterben. Steh auf, sonst ist alles vorbei.

Vielleicht gab ihm diese Todesandrohung den nötigen Energieschub zum Aufstehen.

Ich schlich, völlig übermüdet, frierend zu seinem Auto, stieg ein und fuhr nach Hause.

Zu Hause angekommen, war sein erster Gedanke: Herbert Pohl anrufen!

Dessen Sohn war mit einigen Prellungen und Schürfwunden davongekommen. Nichts gebrochen.

Zeisig atmete natürlich auch auf, erzählte seinem Freund, was die letzte Nacht weiter passiert war. Und dann die Frage an Pohl:

„Hast du nichts mitbekommen?"

Dessen Stimme wurde schuldbewusst leiser:

„Sei mir nicht böse, irgendwie muss ich kurz eingeschlafen sein. Es ist eben passiert. Erst der Klingelton meines Handys weckte mich wieder. Und diese Nachricht vom Unglück meines Sohns. Da war ich fast am Durchdrehen.".

Zeisig fragte trotzdem weiter: „Hast du nicht einen Bretterhaufen gesehen, nicht diese Spukgestalt im grauen Mantel?"

„Nein, nichts, aber du wirst sicherlich alles fotografiert haben."

Friedrich Zeisig konnte nun nur kleinlaut erklären: „Habe nichts fotografieren können, mein Apparat reagierte nicht."

Herbert Pohl resümierte am Telefon: „Da ist etwas schief gelaufen diese Nacht."

Und Zeisig: „Aber ich habe sie gesehen, alle fünf Bretterstapel. Dazu das Gespenst"

Er legt eine kurze Pause ein, ergänzte mit leiser Stimme:

„Das war Grosser! Der kommt nicht zur Ruhe."

Herbert Pohl ergänzte etwas traurig.

„In zwölf Jahren schlafe ich sowieso wieder ein. Oder schlafe vielleicht schon für immer. Wer weiß., wer weiß …

Für Friedrich Zeisig stand aber fest: In zwölf Jahren, also im Jahr 2020, wird er wieder, mit einem zweiten Fotoapparat, vor der ´Pörze´ warten.

Daher behauptete er selbstsicher:

„Also, ich lebe da noch."

Ein Geheimnis gibt es noch zu lösen: Warum sind es immer fünf Bretterstapel?

Wieder kann ich ein Glas öffnen. Es sind Zwetschgen. Ich liebe Zwetschgen!
Wie wunderbar, dass dieses ganze Eingeweckte, nicht verdorben war – kein Verfallsdatum kannte. Es hatte darauf gewartet, wiederentdeckt zu werden. Nach den Jahren im Keller, stiegen die Worte heraus, pflanzten sich in meinen Kopf und wollen so in die Welt getragen werden.
Bitte sehr! Ich bin dabei, die nächste Geschichte zu erzählen.

Das Märchen vom Strohsack

Wie zufrieden kann so ein Oktoberabend ablaufen! Ruth und Joachim Witzel sind sehr zufrieden, denn sie haben eine Entscheidung getroffen. Und die heißt: Wir kaufen uns morgen neue Bettmatratzen, ohne dabei auf den Preis zu schauen. Schluss mit den Rückenschmerzen.
Ruth Witzel nickt, sie ist immer für Veränderungen.
Dieser nun feststehende Entschluss führt zum Öffnen einer Flasche Rotwein. Nach dem ersten Glas findet Ruth, dass die Augen ihres Mannes auffällig glänzen. Er lächelt, nimmt sie in den Arm und flüstert: „Neue Matratzen, neue Liebe."
Er hat nach einem Glas Rotwein wirklich rote Wangen. „Trink nicht zu viel, du verträgst es nicht", sorgt sie sich.
Er grinst, winkt ab und drückt sie stärker an seinen Körper.
„Ich freue mich einfach auf das neue Schlafgefühl."
Ruth schiebt ihn auf Abstand, löst die Umarmung.
„Du verträgst keinen Spaß", entschuldigt er seinen scheinbaren Übermut. Lehnt sich dann zurück, leitet damit einen Stimmungswechsel ein.
„Mir fällt gerade die Geschichte meiner Großeltern ein. Willst du sie hören?" Bevor ihr Mann weiter neue Liebesgefühle entwickelt, soll er lieber die alte Geschichte erzählen, denkt Ruth und nickt schnell.
Joachim atmet tief durch.
„Die Großeltern kamen, vertrieben aus Nordböhmen, 1945 nach Thüringen. Erste Wohnung war die da-

mals übliche Massenunterkunft. Dann hatte Großvater Glück, fand ein passendes Zimmer, eingerichtet mit drei Betten inklusive solide gefederten Matratzen. Alles gutbürgerlich, denn der Vormieter muss Lehrer gewesen sein. Dieser Luxus führte aber bei meinen Großeltern zu Irritationen. In ihrer ländlichen Heimat gab es so etwas nicht. Da genügten gut gestopfte Strohsäcke.

Großmutter machte sich sofort ans Werk: Sie sammelte Stroh, stopfte dieses mit überlieferter Geschicklichkeit in Leinensäcke. Und schnell verschwanden die Matratzen wieder aus ihrer neuen Wohnung. Die Großeltern schliefen so, wie sie es schon immer gewohnt waren.

Ruth schmunzelt: „Das klingt seltsam für heutige Ohren".

Am Nachmittag des nächsten Tages fahren Ruth und Joachim Witzel los, ihre Matratzen zu kaufen. Auf die Qualität wollen sie achten! Sie nehmen sich viel Zeit. Auf den Preis kommt es ja nicht an. Es geht um das Ende der Rückenschmerzen und, schon leuchten seine Augen wieder, um die Liebe.

Nachdem sie sich ausführlich von den Vor- sowie Nachteilen diverser Kaltschaum-, Formschaum- oder Taschenfederkernmatratzen überzeugt haben, fällt die Entscheidung: „Die zwei nehmen wir, nicht zu hart und nicht zu weich. Das richtige Liegegefühl."

Zu Hause werden die Matratzen gut in den Bettrahmen eingepasst. Die Alten landen vorerst auf dem Dachboden.

„Es liegt sich wunderbar darauf", schwärmt Ruth, und Joachim, gleich neben ihr liegend, bestätigt: „Wunderbar". Dann rutscht er auf ihre Seite, nimmt sie wieder in den Arm, küsst mehrmals warm die Wangen seiner Frau, links, rechts, dann den Mund, die Stirn. Ruth schubst ihn fort: „Es reicht. Wir wollen die Matratzen nicht gleich zu sehr belasten."

Joachim murmelt lustvoll: „Wir werden bestimmt gut schlafen können. Besser als auf den Bisherigen".

„Und du wirst keine Rückenschmerzen mehr haben", betont Ruth den gesundheitlichen Aspekt.

Für den größten Teil der ersten Nacht hätte eine Matratze gereicht. Joachim und Ruth schmiegen sich glücklich aneinander.

Am nächsten Morgen schwärmen beide vom guten Schlaf.

Für Joachim steht fest: Die Zeit der Rückenschmerzen ist vorbei.

Ihr Leben scheint neuen Schwung zu erhalten. Auch sein Horoskop, schließlich ist er Schütze, verspricht nur Gutes.

Der nächste Abend kommt und Joachim drängelt auf zeitiges Schlafen. Doch als er die Decke euphorisch zurückschlägt, ist etwas anders. Das Bettlaken bildet eine große, sackförmige Beule. Erschrocken zerrt er es zur Seite. Statt der neuen Matratze räkelt sich ein prall mit Stroh gefüllter grauer Leinensack im Bettrahmen.

Joachim Witzel spürt Hitze ins Gesicht aufsteigen. Das kann doch nicht sein? Er schwitzt. Das ist zu geschmacklos für einen guten Scherz. Und ein Scherz von Ruth muss es ja sein.

Selbstzweifel kommen in ihm auf. Noch einmal versucht er mit zittriger Hand die Fassungslosigkeit aus den Augen zu wischen. Gleich stellt der fassungslose Mann seine Frau zur Rede.

„Kannst du mal gleich den Strohsack aus meinem Bett entfernen. Das geht zu weit."

Ruth erfasst den Ernst der Lage nicht gleich und lacht laut los. „Natürlich habe ich dir einen Strohsack ins Bett gelegt, weil auf Stroh schlafen gesund ist. Habe ich von deinen Großeltern gelernt."

Joachims Stimme wandelt sich zum Herbststurm: „Eben, eben! Jetzt komm mit in die Schlafstube und schau dir die Sauerei an."

Kopfschüttelnd läuft Ruth hinter ihrem aufgebrachten Mann her. Immer noch ahnt seine Frau nicht, was sie in diesem Moment wirklich erwartet. Schimpfend zeigt er auf das Objekt des Ärgers. Und da liegt wirklich ein großer, grauer Sack statt einer neuen Matratze.

„Das gefällt dir, ja?"

Ihr bleibt der Mund offen. Damit hatte Frau Witzel nicht gerechnet. Dem Ereignis fehlt jegliche Logik.

Überfordert fleht sie um Verständnis: „Bitte, Joachim, bitte, ich schwöre, nichts von alledem zu wissen."

Auch unter ihrer Decke, die sie nervös zurückzieht, findet sich ein mit Stroh gefüllter grauer Leinensack.

Nun spürt Ruth ebenfalls aufsteigende Hitze im Gesicht. Auch sie fängt an zu schwitzen.

Triumphierend zielen seine Worte auf ihre vermeintliche Schuld: „Bin ich dir zu nahe gekommen letzte Nacht?" Ruth schüttelt nur den Kopf. Neben aller Skurrilität bleibt die Frage: Wo sind die eigentlichen Matratzen?

Joachim macht sich auf die Suche, findet beide auf dem Dachboden neben den Alten stehend, trägt sie wieder zurück in die Schlafstube.

Er knirscht mit den Zähnen, und die Aufregung sorgt für Magenschmerzen.

Seine Frau glaubt ganz bestimmt an einen „Großen-Jungen-Scherz".

Später legt sie beide Arme versöhnend um seinen Hals: „Lass uns die Sache vergessen. Ich verstehe es auch nicht. Das soll unsere Liebe nicht trüben." Ihre Körperwärme heilt.

Der folgende Tag verläuft unspektakulär. Beide gehen ihrer Arbeit nach, sprechen davor und danach wenig miteinander. Joachim kommt spät nach Hause. Diesmal erwartet ihn seine Frau mit einem nichts Gutes verheißenden Gesichtsausdruck. Keinen „Guten Abend", keinen Gruß, nur ihre kühle Aufforderung: „Komm mit!"

Und er zieht nicht einmal die Schuhe aus, lässt auch die Jacke an, folgt Ruth in die Schlafstube.

Dort erwartet ihn das gleiche Bild wie am Vorabend. Seine Frau hatte beide Decken zurückgezogen. Aus den Bettgestellen waren wieder die neuen Matratzen verschwunden. Stattdessen liegen erneut zwei graue, mit Stroh gefüllte Leinensäcke auf deren Platz. Diesmal spürt er wirklich Wut. Vielleicht ist seine Frau die Schuldige? Sie will ihn, warum auch immer, provozieren. Er knirscht lauter mit den Zähnen, fragt verärgert nach: „Nerven dich meine Geschichten von früher? Findest du mich altmodisch? Oder …", er stockt kurz, „… gibt es einen anderen?"

„Wie?" fährt sie mit einem entsetzten Aufschrei zwischen seine Worte.

Doch er macht seinem Zorn weiter Luft: „Vielleicht willst du mich so aus dem Bett ekeln? Genau! Das ist es! Du willst nicht mehr mit mir zusammen schlafen."

Ruth versucht ihn durch einen neuerlichen Aufschrei zu unterbrechen. Es gelingt in diesem aufgebrachten Moment nicht.

Er bleibt sehr entschlossen: „Bitte, dein Wille geschehe! Dann nehme ich meinen Strohsack und

schlafe in der Wohnstube. Die Matratzen hast du sicherlich wieder auf den Dachboden geschleppt."
Joachim greift sich also sofort den Strohsack von seinem Bett und will in die Wohnstube. Ruth stellt sich ihm fassungslos in den Weg. Schließlich ist sie auch wütend.

„Hast du einmal überlegt, was ich denke?" Ihre Stimme überschlägt sich. „Aber das ist es! Du hintergehst mich. Willst nicht mehr an meiner Seite schlafen. Fein eingefädelt. Mach nur weiter! Für mich hat das alles Konsequenzen!"

Sie ist dabei bedrohlich rot im Gesicht geworden.

Joachim jedenfalls nimmt seinen Strohsack und legt sich in die Wohnstube.

Es liegt sich gar nicht so unbequem darauf, denkt er noch und schläft irgendwann gegen Mitternacht ein.

Dann folgt ein seltsamer Traum. Da erscheint die Großmutter mit einem Spinnrad im Raum. Sie lächelt freundlich, nickt ihm zu, nimmt sich etwas Stroh aus seinem Schlafsack und beginnt damit am Spinnrad zu arbeiten. Das Rad dreht sich, sie fädelt das Stroh ein, lächelt ihm wieder zu. Und dann plötzlich fallen Goldstücke zu Boden. Joachim sieht es im Traum genau, die Großmutter spinnt Gold. Ein ganzer Haufen kommt da unter dem Rad zusammen.

Dann räumt sie das Spinnrad fort, winkt ihm ein letztes Mal zu und verlässt seinen Traum.

Joachim wird mit Kopfschmerzen am nächsten Morgen munter. Mit Ruth kann er nicht reden. Aber ein aufklärendes Gespräch wäre jetzt dringend nötig. Zumindest über diesen Traum.

Erst am Abend findet er eine Möglichkeit. Vor Jahren hatte Ruth in einer Folkloregruppe das Spinnen erlernt. So konnte sie öffentlich, bei Kirmes und Frühlingsfest, ihr Können zeigen. Später fand sich keine Zeit mehr dafür. Das Spinnrad landete auf den Dachboden.

Als nun Joachim von seinem Traum erzählt und sie auffordert, das Stroh aus dem Sack zu verspinnen, schüttelt sie nur den Kopf.

„Willst du mich irre machen? Das geht nicht mehr so weiter. Jetzt ist Schluss. Ich lasse mich nicht in die Psychiatrie bringen. Nicht von dir! Für mich ist das ein Grund zur Trennung."

Das sind harte Worte. Joachim schnappt, wie ein Karpfen auf trockenem Land, nach Luft.

Ruth zieht sich an und rennt aus der Wohnung. Ganz bestimmt sucht sie in ihrer Verzweiflung, Bärbel die beste Freundin, auf.

Wie sich später herausstellt, ist das gut so. Denn kurz vor Mitternacht kommt Ruth zurück, geht wortlos auf den Dachboden, holt ihr altes Spinnrad, nimmt sich Stroh aus einem der Schlafsäcke und beginnt Halm für Halm einzufädeln. Das Rad dreht sich, klack, klack, fallen Goldstücke zu Boden.

Es ist genauso wie im Traum. Joachim stellt fest, da laufen Dinge zwischen Himmel und ihrer Wohnung ab, die nicht logisch erklärbar sind. Also schaut er schweigsam zu, wie seine Frau Stroh zu Gold spinnt. Als der Haufen groß genug ist, beendet sie sehr gefasst ihre Arbeit, stellt das Spinnrad selbstverständlich in die Ecke der Küche. Sammelt anschließend die Goldstücke auf, um sie in einen Lederbeutel zu füllen. Den überreicht sie ihrem Mann mit den Worten:

„Da hast du das Erbe deiner Großeltern. Und nun kannst du unsere Matratzen wieder vom Boden holen. Mir sind sie zu schwer."

Fassungslos nimmt Joachim den Lederbeutel, prüfte die Echtheit der Goldstücke, murmelte nur fasziniert: „Ein Wunder!"

Später geht er auf den Dachboden, wo tatsächlich wieder ihre neuen Matratzen warten, schultert sie und trägt beide zum zweiten Mal in die Schlafstube. Dort bezieht er das Bett neu, ruft seine Frau, und beide legen sich, ohne dass seine Augen glänzen, friedlich schlafen.

Von nun an haben sie keine Sorgen mehr. Die Matratzen bleiben dort, wo sie waren und das restliche Stroh spinnt Ruth in den nächsten Wochen fertig.

Die Geschichte versichert mir, Witzels leben glücklich und ohne Rückenschmerzen bis zum heutigen Tag.

Diesmal hatte ich mich bewusst für Himbeeren entschieden. Meine Familie war begeistert. Das ist immer noch der Geschmack des Sommers. Die Früchte speicherten, nach wer weiß nach wieviel Jahren, eine große Leichtigkeit, das Lachen der Jugend. Wunderbare Vergleiche wuchsen, scheinbar mühelos, hervor. Und eine wunderbare, leichte Geschichte dazu.

Schiller lacht

Nun folgt eine Geschichte, die meinte, ich hätte alles
selbst erlebt.
Sie legt sich sogar auf ein Jahr fest: 1979. Damals
hätte ich eine ältere Frau kennengelernt, welche ge-
boren wurde, als Rudolstadt noch Residenzstadt
war. Sie konnte von Fürst Günther erzählen, seiner
schönen, menschenfreundlichen Frau Anna-Luise.
Diese war, nach Meinung der Frau, die eigentliche
Sympathieträgerin der Landeskinder. Die Fürstin
verschenkte Bibeln und Kakao, gründete
diakonische Einrichtungen.
Meine angebliche Bekanntschaft hieß Meta
Koch, wohnte am Schloss Aufgang II im Haus
Nummer 3. Es stand auf der linken Seite, bevor
sich der Weg in Richtung Schloss teilt. Später hat
man die ganze Häuserreihe abgerissen. Schloss
Aufgang II sollte neu bebaut werden. Dazu kam es
bisher nicht. Verschwunden war mit diesem Haus
eine außergewöhnliche städtische Erinnerung, von
der eigentlich nur ich wusste.
Schiller war es, der diesem Ort am
Schlossaufgang eine besondere Bedeutung verlieh.
Denn er soll laut Überlieferung im Herbst 1788 hier
als Gast der Witwe Roß gewohnt haben.
Ich weiß, gegen allen Zweifel der Forschung, dass es
stimmt!
 Doch der Reihe nach:
 Frau Koch war von meinem Besuch begeistert.

„Dass so ein junger Mann die ollen Geschichten hören will."

Ich hatte Fragen und sie antwortete geduldig. Nach Frau Kochs damaliger Aussage saßen wir in der originalen Schillerstube. Die Frau beteuerte, Beweise dafür zu besitzen

„Es existieren akustische Belege. Bisher habe ich mit niemanden darüber gesprochen." Zu mir gewandt, flüsterte die Frau mit geheimnisvoller Stimme:

„Sie sind ein rechtschaffener, ehrlicher Mensch, das spüre ich. Also werden sie von mir in die Schiller'schen Geheimnisse dieses Hauses eingeweiht."

Ich bin bei diesen Worten sicherlich leicht errötet.

Meta Koch liebte das klassische Gespräch. Sie freute sich über viele Fragen, empfand das nicht als nervend.

Ihr Gesicht strahlte beim Erzählen. Dazu passte ihr ganzer Kopf, mit, nach hinten zusammengebundenem schlohweißem Haar. So stellte ich mir die Witwe Roß vor, bei der Schiller kurzzeitig wohnte.

Einmal behauptete Frau Koch: „Die beiden müssen einen vertrauten und humorvollen Umgang gepflegt haben. Denn der ansonsten ernste, sensible Dichter, Schöpfer von großen Dramen, Balladen und historischen Abhandlungen, hat in dieser Stube nachweisbar viel gelacht. Klingende Beweise dafür habe ich genug."

Damals verstand ich nicht, was sie mir sagen oder sogar zeigen wollte.

Wie hätte ich auch.

Im unteren Teil der Stubenwand befand sich, unverputzt, ein Sockel mit alten grauen Steinen. Frau Koch gab mir später eine Erklärung dazu: „Wenn Sie die Steine herausnehmen, bleibt eine Nische in der

Wand. Diese entpuppt sich als Schalltrichter, in dem das gesammelte Lachen im Raum, von fünf Monaten des Jahres 1788 gespeichert wurde. Genau jene Zeit, in welcher Schiller bei der Witwe Roß wohnte. Wie erklärt sich dieses Phänomen?

„Hofrat Dr. med. Benjamin Roß hatte das Haus als Eigentümer übernommen und im Inneren umgebaut. Er muss als kreativer Geist seiner Zeit weit voraus gewesen sein. Von ihm stammt dieser Schalltrichter, ein Speichermedium mit unglaublichen Möglichkeiten."

Ich lauschte staunend ihrem Bericht, erkannte in diesem Moment, Zeuge einer epochalen, einmaligen Erfindung zu werden.

Frau Koch erklärte weiter: „Wenn Sie den Kopf ganz in diese Wandnische hineinstecken, hören Sie das Lachen längst verstorbener Menschen. Es ist hier für die Ewigkeit gespeichert. Aber wie funktioniert alles? Die Handhabung ist nicht ganz einfach! Letztlich geschieht es durch Drehen an bestimmten kleinen Steinen im unteren Sockelbereich. Ich habe eine Originalhandschrift von Hofrat Benjamin Roß gefunden, worin er seine Erfindung genau beschreibt."

An einem anderen Tag, in der Reihe meiner angeblichen Besuche, erzählte sie weiter:

„Das wichtigste Lachen, welches hier gespeichert wurde, ist das vom jungen Schiller. Nachweisbar fünf Mal hatte er im September 1788 gelacht. Der Hofrat hatte alles genau dokumentiert." Als Beweis zeigte sie mir eine sehr vergilbte Handschrift. Mit viel Fantasie konnte ich das Wort ‚Schiller' lesen.

Stolz erklärte Frau Koch: „Junger Mann, Sie können nun mehrere Lacher hintereinander hören. Und sie sagen anschließend bestimmt: So konnte nur Schiller lachen."

Wie überzeugt die Frau vom Ergebnis ihrer Darbietung war!

Sie forderte mich auf, den Kopf in die Schallnische zu stecken. Dann drehte sie flink an einigen der Steine herum.

„Haben Sie Geduld! In ungefähr einer Minute geht es los."

Zuerst rauschte es nur, als hätte sie eine alte Schallplatte aufgelegt.

Erschrocken zuckte ich zusammen, als dann wirklich eine helle männliche Stimme in höchsten Tönen anfing zu lachen:

„Er hat zuerst zwölf Sekunden gelacht", kommentierte sie das Ganze.

War das nun Schiller?

„Da lacht Schiller", behauptete Frau Koch überzeugt.

Wieder steckte ich den Kopf vorsichtig in die Schallnische.

Es folgte ein zweites Tondokument, in dem ich nur einen kurzen Knisterton, am Ende noch ein fernes Husten erkannte.

Meta Koch erklärte auch hier: „Er muss erkältet gewesen sein. Schiller war im feuchten Saaletal oft erkältet".

Das dritte angekündigte Lachdokument ließ auf sich warten. Ich sah, wie sie an verschiedenen Steinen nervös herumdrückte, leise vor sich hin schimpfte.

„Die ganze Technik ist eben sehr alt."

Schon nach kurzer Zeit hatte sie das System wieder fest im Griff: Hörbar wurde ein bedächtiges, nachdenkliches Lachen, welches man gut für die Unterbrechung eines kreativen Prozesses halten konnte.

Vielleicht durchdachte Schiller hier die Idee von einer Glockengießer Ballade.

An einem anderen Tag bekam ich das vierte Lachen zu hören. Zwanzig Sekunden ununterbrochen lachte Schiller. Es war das schönste, eindrucksvollste der Tondokumente: Ein Hörgenuss, welcher menschliche Wärme mit Leichtigkeit vereinte. Der Genius war hörbar. So konnte nur er lachen.

Schließlich das fünfte und letzte Lachen, eigentlich ein kurzer Quietscher, aber von kindlich beschwingtem Charakter.

„Mein Lieblingslacher", hörte ich Meta Koch begeistert rufen. „Schiller, das Genie, konnte bei aller Ernsthaftigkeit auch albern sein. In das habe ich mich verliebt."

Das Seltsame, als ich meinen Kopf wieder aus dieser Nische zog, waren alle Zweifel wie weggefegt. Ich wusste genau: Du hast jetzt Schiller lachen gehört.

Meta Koch war stolz auf ihr Geheimnis in der Wand. Sie erklärte mir deshalb:

„Hofrat Benjamin Roß stand am Anfang seiner Erfindung. Er muss ein fröhlicher Mensch gewesen sein und experimentierte mit der menschlichen Stimme, besonders ihrer Ausdrucksform des Lachens.

In dieser Schallnische sind viele Lachdokumente der damaligen Zeit gespeichert. Der Mann hat über alle geglückten Aufzeichnungen Buch geführt – wie gesagt, fünf Monate lang. Warum dann die Reihe seiner Experimente aufhört, bleibt ein Geheimnis."

Bei meinen weiteren Besuchen ließ sie die Wand verschlossen. Sie bat mich, nirgendwo davon zu erzählen, glaubte - und da war sie sehr abergläubig - sobald es in die falschen Ohren kommt, versagt das Speichermedium.

Ich hielt mich daran, konnte allerdings das Phänomen nicht für die Nachwelt retten.

Meta Koch starb zwei Jahre später, das Haus stand leer. Und als es abgerissen wurde, hielt ich mich nicht in Rudolstadt auf.

Es dauerte Jahre, bis ich meinen Ärger überwand. Die letzten hörbaren Zeugnisse Friedrich Schillers wurden für alle Zeiten vernichtet. Natürlich unwissentlich. Zumindest teilweise, denn bei jedem Abriss eines alten Hauses riskiert man jahrhundertealte, einmalige Geschichten und Erfindungen zu zerstören.

Diese Geschichte aus dem Einweckglas, mit ihrem Wissen um ein frühes technisches Wunder, ließ mir keine Ruhe. Vielleicht ist nun doch der richtige Zeitpunkt für eine Veröffentlichung gekommen. Vielleicht? Man wird sehen …

Der Inhalt des nächsten Einweckglases war nicht Liebe auf den ersten Blick, oder Geschmack. Es handelte sich um Kürbiskompott. Damit musste ich rechnen!

Zu allen Zeiten wurde Kürbis eingeweckt und für den Winter gelagert. Das Glas war fast leer gegessen, trotzdem fehlte immer noch die gewohnte Geschichte. Vielleicht lag es an meinem Unbehagen? Zuletzt freundeten wir uns an – das Kürbiskompott und ich.

Vielleicht auch der Geschichte wegen, die ich nun dokumentieren kann.

Es ist eben eine schwierige Sache mit der Liebe!

Das Märchen von der großen Liebe

Sie taucht in dieser Juninacht scheinbar aus dem Nichts auf, jene jugendliche Gestalt, geschützt durch eine unglaublich weite, dunkle Jacke, mit passender, den Kopf ganz verhüllenden Kapuze. Hastig schaut die Erscheinung nach links und rechts, zieht mehrere Flaschen aus der Tasche, um mit diesen sekundenschnell auf die helle, neue Hauswand ein riesiges Graffiti zu sprühen.

Vielleicht ist der Ort bewusst gewählt? Denn hier wohnt Rechtsanwalt Mühe. Dieser ruft am nächsten Tag die Polizei und verklagt mit wütenden Worten den nächtlichen Künstler. Dabei ist das gesprühte Werk gar nicht so schlecht gelungen. Irgendwie eine Figur, mit scharfen, zackigen Körperkanten, schroff in alle Richtungen zielend. Geschaffen mit den grellen Farben des Fernwehs, gelb, rot, selbst blau ist dabei. Auf so einen Körper kann man stolz sein.

Doch unter den bedrohlichen Flüchen von Rechtsanwalt Mühe tropft Todesangst von der Stirn des Bildes. Deutlich hörbar wiederholen die herumstehenden, verantwortlich schauenden Männer ihren Plan: „Nächste Woche wird es fachmännisch entfernt."

Das Graffiti überlegt: ‚Das war es wohl dann! Adieu, du herrliche Welt! Wenn ich wenigstens mit einem Namen ausgestattet aus diesem Leben scheiden könnte.'

Allerdings sind Graffitis von Natur aus mutig und haben immer eine Idee. So denkt es sich: ‚Vielleicht kommt bald jemand, der meinen Namen kennt. Meine Sehnsucht danach ist sehr groß!´

Ein magerer Mann mit Narbe im Gesicht schwankt in der nächsten Nacht vor dem Bild hin und her, versucht auf komischste Art und Weise seine Balance zu halten.

‚Immerhin schaut er mich an´, stellt das Bild bescheiden fest. ‚Und er singt! Bestimmt ist der Gesang mir gewidmet´:

„Siesta, Siesta Mexikana, lallalallalala…"

Das Graffiti könnte den Sänger umarmen: ‚Jetzt weiß ich endlich, woher ich bin! Aus Mexiko! Und Siesta ist wahrscheinlich, nein, ganz bestimmt, mein Name.´ Vor lauter Glück sieht es nicht, dass der Mann wieder verschwindet. Das ist eben heute eine märchenhafte Juninacht für glückliche Leute.

Nach einiger Zeit bleibt ein junges Pärchen stehen. Er umarmt sie. Sie umarmt ihn. ‚Beide sind bestimmt ganz glücklich´, denkt sich das Graffiti. Und es hört genau, wie er ihr zuflüstert: „Du bist meine große Liebe!"

‚Gulp´, träumt Siesta in der ihr eigenen Sprache, ‚ich möchte auch meine große Liebe finden´.

Und da es sich heute nicht um eine gewöhnliche, sondern eben die Johannisnacht handelt, können Wünsche in Erfüllung gehen. ‚Man kann es ja zumindest probieren mit dem Wunder´. Es funktioniert! Das Graffiti, glucks, löst sich in diesem Moment selbst, mit allen Farbzipfeln und Zacken, von der Wand, bewegt sich überraschend sicher auf der Erde. Diese Erkenntnis löst gleich einen zackigen Gedankenwirbel aus. ‚Hurra, mein Leben ist herrlich: Zack, zack - auf zur großen Liebe!´

Es kann jetzt so schön schmachtend vor sich hin seufzen: ‚Wo bist du meine große Liebe? Ich komme, ich, Siesta aus Mexiko.' Und es riecht in diesem Moment nach Mais und Chilly. Nicht lange muss Siesta laufen, da begegnet es einem riesengroßen Polizisten.

„Halt, wer bist denn du?" fragt dieser amtlich streng von oben herab. Das Graffiti ist begeistert: ‚wunderbar, er fragt von oben, also ist er groß und vielleicht meine große Liebe'. Siesta glaubt sich am Ziel. Doch die Stimme des riesengroßen Polizisten klingt unfreundlich: „Wenn du nicht antwortest, muss ich dich verhaften." ‚Grrr', denkt es weiter und lutscht an seiner rechten, dunkelroten Zacke, ‚vielleicht gehört der Mann zu den Leuten, die mich entfernen wollen. Dann ist er der Verkehrte! Schade!' Graffitis können sehr schnell sein. Der große Polizist erkennt das und winkt ab. „Soll es doch laufen."

Siesta läuft zu dem riesigen Haus am Marktplatz, entdeckt in einem Fenster noch Licht. Über dem Eingang steht das Wort: Rathaus. ‚Aha', denkt es sich, ‚ich schaue da mal rein. Vielleicht wartet dort, die wirklich große Liebe!'

In dem beleuchteten Raum sind viele weiße Schnörkel an der Decke. Graffitis lieben Schnörkel. Voller Hoffnung geht es auf einen Mann zu, welcher dasteht und nachdenklich schaut. Etwas schüchtern folgt Siestas Frage: „Bist du meine große Liebe?" Graffitis können eben mutig fragen. Auch er blickt von oben herab und spricht mit ernster Stimme: „Ich bin der Bürgermeister und habe jetzt keine Zeit für solche Spielchen."

Wenn Graffitis an ihrer blauen Linksaußenzacke lutschen, sind sie etwas verlegen. Der riesenhafte

Mann wirkt nicht glücklich, also ist er sicher nicht das erwartete Glück.

„Wir müssen drei Straßen bauen und einen Kindergarten abreißen", erklärt er mit ärgerlichem Gebrumm. ‚Gulp, das ist schrecklich', denkt sich Siesta, ‚nein, wer Häuser abreißt, kann nicht meine große Liebe sein.' Damit ist diese Rathausszene schon wieder beendet. „Schade, schade."

Siesta kann unübertroffen seufzen, wobei es ein unangenehmes Drücken inmitten der gelben, roten, dunkelblauen Zacken und Farbnebel spürt. ‚Glucks', was ist das, mir wird schlecht.' Erklären kann das Graffiti jetzt nicht, warum es geradlinig auf die letzte geöffnete Dönerbude zu läuft. Dort steht ein sehr großer Verkäufer, der reicht Siesta den letzten, nicht mehr so ganz großen Döner. „Den schenke ich dir, bist mein letzter Kunde. Okay".

„Gulp, gut, Danke!" Es fragt: ‚Bist du meine große Liebe?' Der Mann schmunzelt: „Nein, nein, ich habe Frau und vier Kinder. Such dir eine andere Liebe. Okay?"

‚Gulp! Glucks! Grrr!' Siesta ist ziemlich traurig. Immerhin verschwindet wieder dieses komische Zackengefühl. So läuft Siesta bekümmert weiter, weiß aber nicht genau wohin.

Plötzlich steht das Graffiti vor einem alten, sehr ehrwürdigen Gebäude mit vielen Figuren an der Wand. Sie sind so anders, vornehm in den Farben, manche halten sich an Pferden fest. Mittendrin eine heldenhaft gemalte männliche Figur. Siesta lutscht gleichzeitig an ihren rechten dunkelroten und blauen sowie den linken gelben und roten Zacken. Das machen Graffiti, wenn sie verliebt sind. „Grrr", schwärmt es in die Nacht: „Wer bist du?" Eine tiefe, kräftige

Stimme antwortet: „Ich bin ein Sgraffito und bereits dreihundert Jahre alt." „Bist du meine große Liebe?" „Natürlich, wenn du möchtest, dann komme zu mir", fordert die Figur, streckt ihren muskulösen Körper und verkündet noch stolz: „Ich wurde gerade erst restauriert."

Das Herz von Siesta macht glucks und auch grrr: „Dann bist du meine große Liebe", ruft sie begeistert und schwingt sich, es ist eben die Johannisnacht, an die Seite der großen, starken Sgraffito Figur.

Und glaubt mir: Sie wurden beide sehr glücklich! Nur die Kunstwissenschaft war irritiert über diese plötzliche Vermischung der Stile. Aber schön fanden es alle Leute! Und wenn die beiden nicht übermalt sind, werden sie in Zukunft vielleicht gemeinsam restauriert.

Im nächsten Einweckglas befanden sich Sauerkirschen. Sauerkirschen eignen sich zum Dessert. Erst dann entfalten sie ihr ganzes Aroma.

Ein Schälchen voll wollte ich verkosten und wurde überrascht. Sie bewiesen schnell ihr Naturell und zeigten sich angenehm sauer. Dann aber, im Abgang sozusagen, entwickelte sich im Mundraum eine ungewöhnliche Süße. Diese erfuhr eine Steigerung, als hätte jemand beim Einwecken zu viel Zucker verwendet. Mir wurde fast schlecht.

Meiner Frau erging es nicht anders. Erklärbar war das Ganze nicht. Da sich diese Zweiteilung des Geschmackes wiederholte, hätten wir den Inhalt des Glases fast weggeschüttet. Zum Glück ist es nicht passiert.

Die neue Geschichte folgte.

Zuerst kamen die Bauchschmerzen, dann die Geschichte.

Der Findling

Normalerweise kümmert sich Anton Just nicht um Dinge, die auf der Straße herumliegen. Doch aus unerklärlichen Gründen drängt es ihn, eine hellblaue Plastikdose aufzuheben.

Anton Just bückt sich also gegen seine Gewohnheit, nimmt den Fund fast zärtlich in die Hand. Die Dose ist so sauber, als sei sie eben aus einem Geschirrspüler fertiggewaschen herausgefallen. Er öffnet, hebt den Deckel und findet einen Windbeutel mit frischer Sahne. Anton ist überrascht und staunt. Fast hätte er dessen Verlockungen nachgegeben und ihn gegessen. Da meldet sich seine anerzogene Vernunft: Man isst nichts auf der Straße Gefundenes.

Doch was soll er mit dem ungewöhnlichen Fund machen? Die Dose ist sauber, der Windbeutel unberührt, schaut appetitlich aus. Also, bitte sehr! Anton Just entscheidet fürs Erste, alles mit nach Hause zu nehmen und in den Kühlschrank zu stellen. Vielleicht hat seine Frau eine Idee.

Diese fragt später nach: „Was ist in der Dose?"

Er antwortet: „Natürlich ein Windbeutel."

„Wie natürlich ein Windbeutel?"

Ihr verschlägt es die Sprache. Anton sagt nicht die ganze Wahrheit. Heute nicht. Heute hat er auch keinen Appetit mehr auf Süßes. Windbeutel kann man noch einen Tag später essen. Wenn überhaupt.

Probleme stellen sich am nächsten Morgen beim Blick in den Spiegel ein: Anton ist so erschrocken, dass er Selbstgespräche führt.

„Was ist denn mit mir passiert? Das ganze Gesicht voller Sahne und ich habe keine Erinnerung."

An seinem Mund, dem Kinn, selbst auf der Stirn finden sich Sahnereste. Alles peinlich! Anton wäscht sein Gesicht, geht danach sofort an den Kühlschrank, öffnet und schaut in die blaue Plastikdose.

Der Windbeutel spielt den Ahnungslosen, scheint sagen zu wollen: ‚Guten Morgen, Anton, warum bist du so erschrocken, mich zu sehen? Du warst mein Retter.'

Seine Frau erscheint in der Küche: „Na, mein Lieber, weißt wohl nicht, was du essen sollst."

Weiß er es?

„Doch, doch, heute brauche ich etwas Herzhaftes. Nur nichts Süßes."

„Dann tu es. Für Nachmittag hast du ja noch deinen Windbeutel."

Anton fragt etwas verschämt: „Willst du ihn essen?"

Sie lacht: „Nein, nein, du hast dich schon darauf gefreut. Also genieße ihn ruhig allein."

Aber auch am Nachmittag stellt sich kein Appetit auf Süßes ein. Der Windbeutel sieht noch so frisch aus, den kann er bestimmt auch am nächsten Tag verzehren.

Anton Just will dieses vergängliche, in seine Obhut gelangte Geschöpf, nicht einfach aufessen.

Am Abend bemerkt seine Frau: „Die Sahne verdirbt dir noch. Iss ihn doch!" Anton wiederholt: „Ich kann jetzt nichts Süßes essen."

Nachts träumt er von einem weichen Körper, der sich warm an ihn schmiegt. Unterbrochen wird dieser Traum nur etwas unsanft am Morgen von seiner Frau: „Wenn du schon nachts Windbeutel essen musst,

91

dann wisch dir wenigstens anschließend das Gesicht ab. Schmierst das Fett an die Decke. Männer!"

Anton schreckt hoch, läuft ins Bad und sieht im Spiegel das gleiche Bild: Sahne am Mund, Sahne am Kinn, Sahne an der Stirn, den Wangen, Sahne überall.

Schon steht seine Frau hinter ihm, schrill, laut, anklagend. Anton antwortet nicht, rennt zum Kühlschrank, reißt dessen Tür auf, greift sich nervös die Plastebox, öffnet und sieht einen unberührten Windbeutel prall gefüllt mit frischester Sahne.

„Du Scheinheiliger!" schreit Anton.

Argwöhnisch betrachtet er ihn von allen Seiten, entdeckt keine Angriffsfläche oder Veränderung. Er zeigt das Ergebnis seiner Frau.

„Kannst du erkennen, dass ich ihn aufgegessen hätte?"

„Aber woher kommt die Sahne in deinem Gesicht?"

Er zittert erregt am ganzen Körper:

„Ich weiß es nicht!" Und wiederholt mit Nachdruck: "Ich weiß es wirklich nicht!"

Frau und Herr Just stehen sich hilflos gegenüber. Keiner von beiden versteht, was hier passiert.

„Iss ihn auf oder bring ihn weg", bittet sie wiederholt.

„Irgendwie ist er mir unheimlich."

Anton nickt. Morgen. Eine Nacht muss er noch bleiben. Anton will ihn auf die Probe stellen.

Die nächste Nacht wird er wach bleiben sehen, was passiert.

„Morgen bring ich ihn weg", verspricht er.

Seine Frau wirkt nicht wirklich zufrieden mit der Entscheidung. Gern hätte sie den Windbeutel entsorgt. Aber es einfach tun, das kann sie auch nicht.

Anton Just trinkt vor dem Zubettgehen noch einen starken schwarzen Tee. Lange Zeit bleibt er in der Küche sitzen, liest die Zeitung, beschäftigt sich mit dem Sortieren der Post.

Irgendwann überkommt ihn doch Müdigkeit – nur so, ausruhen, nicht einschlafen. Immerhin ist es bereits kurz nach Mitternacht. Seine Frau schläft längst. Vorsichtig legt sich Anton leise an ihre Seite.

Als er spürt, dass ihm die Augenlider schwerer werden, beginnt der Kampf gegen den Schlaf.

Schließlich geht er erneut in die Küche, am Kühlschrank vorbei, sucht eine Beschäftigung, räumt herumliegende Zettel auf – trinkt etwas, geht wieder zurück in die Schlafstube. Seine Frau hat sich inzwischen auf die andere Seite gedreht.

Eine Weile sitzt Anton im Bett, schaut zum Fenster, sieht das fahle Licht des zunehmenden Mondes. Es färbt die Tapete im Raum geheimnisvoll alt.

Er spürt noch wie sein Körper zurück ins Bett sinkt, fühlt eine Hand nach der Seinen greifen. Anton wehrt sich nicht: Irgendjemand ist ihm ganz nah, erzeugt mit seiner körperlichen Wärme ein wohliges Gefühl. Das tut gut.

Ein wunderbares Gefühl von Geborgenheit. Die Nacht nimmt ihren Lauf.

Am Morgen muss er sich wieder selbstkritisch eingestehen: Du bist doch trotzdem eingeschlafen. Die Folgen finden sich an seiner Hand, als er instinktiv über den Mund fährt. Wieder weiße, fette Sahne an den Fingern!

Bevor seine Frau munter wird, geht er ins Bad, sieht im Spiegel sein blasses Gesicht, an dessen Rändern sich wirklich erneut Sahnereste befinden. Schnell den Spuk wegwischen.

Er spielt den Ahnungslosen: „Nein, diesmal war alles in Ordnung. Mach dir keine Sorgen, Schatz."

Seine Frau macht sich aber Sorgen, und er weiß: Der Windbeutel wird noch heute zurück in irgendeine Konditorei geschafft.

Anton geht an den Kühlschrank, öffnet die Plastedose, sieht das unverschämt frische Backkunstwerk, spricht zu ihm: „Mir reicht es mit dir. Du bist zwar die pure Versuchung, aber unser Verhältnis ist beendet."

Wenn da nicht diese geheimnisvolle Aura wäre. Nein, ihn in die Mülltonne werfen, wie es seine Frau möchte, kann er nicht. Das wäre ein zu liebloser Abschied.

Er wird die hellblaue Plastikdose samt Inhalt in eine Konditorei tragen und dort einfach vergessen.

Und so geschieht es: Anton trägt seinen Fund zur Konditorei. Dort ist momentan nicht viel Betrieb.

Er bestellt sich, der Unauffälligkeit wegen, einen Kaffee: Kann so, an Ort und Stelle warten, bis die Verkäuferin abgelenkt ist.

Die Frau verschwindet für kurze Zeit in einem Nachbarraum. Blitzschnell öffnet er die Dose, schenkt dem Windbeutel einen letzten traurigen Blick: Ist das der Abschied für immer? Seinen Körper erfasst für kurz ein zärtlicher Schauer. Dann hebt er ihn hoch, vorsichtig, damit nichts passiert. Fügt das gute Stück so in die Reihe anderer Artgenossen ein. Alles geschieht unauffällig, ein Windbeutel gleicht dem anderen. Nein, sein Windbeutel ist der Schönste.

Anton Just hält den Trennungsschmerz nicht aus. Er trinkt hastig seinen Kaffee, ruft der inzwischen wieder im Verkaufsraum erschienenen Verkäuferin, ein rasches „Auf Wiedersehen" zu und verschwindet aus der Konditorei. Er tut dies, ohne sich noch einmal umzudrehen. Die Plastikdose hat er stehen gelassen.

Mit gesenktem Kopf zieht Anton Just fort. Aber er weiß, sein Findling hat ein neues Zuhause bekommen.

„Es hat alles seinen Sinn", sagt er seiner Frau und zieht die Jacke aus. Sie schweigt, schaut ihn kurz skeptisch an, schüttelt ihren Kopf und dann spricht niemand mehr über das Ereignis.

Am nächsten Morgen wacht Anton ohne Traum und ohne Sahne im Gesicht auf.

Es kehrt wieder Normalität ein.

Am Nachmittag des nächsten Tages hat seine Frau eine Überraschung. „Warte bitte, ich rufe dich."

Anton ist gespannt, was es sein könnte. Schon riecht es nach Kaffee. Und dann folgt ihre süßliche Stimme: „Du kannst kommen."

Als er den Raum betritt fällt sein Blick gleich auf den frischen, prall mit Sahne gefüllten Windbeutel.

„Na, was sagst du nun?"

Anton kann gar nichts mehr sagen, nur aus dem Raum flüchten, der aufkommenden Übelkeit in seinem Bauch entkommen.

Anton Just will in der nächsten Zeit keinen Windbeutel mehr sehen.

Mischobst im nächsten Glas. Es waren Äpfel, Birnen, Zwetschgen. Das Kompott hatte Charakter. Auch meine Frau war begeistert. Sie erzählte gleich Erinnerungsstücke ihrer Kindheit. Da kehrten Namen und Schicksale zurück.

Äpfel, Birnen, Zwetschgen in einem Glas, sind etwas Zauberhaftes. Sie wurden in diesem Moment, Schicht für Schicht verwandelt, in Personen und ihre Geschichte. Wir schwiegen und genossen es, wie die Worte aus der Tiefe der Geschichte emporstiegen.

Ein Haufen Kohlen

Am 4. Mai 2014 plant Elvira Stallauf mit ihrer zwölf-jährigen Tochter Miriam und dem achtjährigen Sohn Felix, die Montagnachmittagsvorstellung von Zirkus „Bambus" zu besuchen. Als die Drei gegen 14.30 Uhr das Haus verlassen, trauen sie ihren Augen nicht. Ein böser Scherz! Miriam schreit: „Iiih, was ist denn das?" Felix bekommt einen Lachkrampf und Elvira umrundet sprachlos den ‚schlechten Scherz', einen Haufen schwarzer Kohlen. Sie glaubt an Neid, Missgunst auf ihren Mann, den Historiker Manfred Stallauf.
Fast hysterisch rennt sie wieder ins Haus zurück. „Manfred, Manfred, schau dir die Sauerei an. Uns hat jemand einen Haufen Kohlen vor die Haustür ge-schüttet. Schwarze, dreckige Kohlen!"
Manfred bleibt über seinen großzügig auf dem Schreibtisch ausgebreiteten Recherchen zu den ast-ronomischen Vorlieben des Schwarzburger Fürsten-hauses im 18. Jahrhundert sitzen.
Ein so großes Ärgernis kann aber niemanden gleich-gültig lassen. Denn ein Kohlehaufen fällt nicht einfach vom Himmel, auch nicht dem Fürstlichen. Deshalb verfällt Elvira in waschechte Raserei. „Ist dir egal, was vor deiner Haustür passiert. Da liegt dieser Haufen Dreckkohlen! Und ich wusste nicht, dass wir mit Koh-len heizen."
Manfred schaut genervt zu seiner Frau, runzelt die Stirn, erhebt sich langsam aus seiner Studierposition, schlurft zur Tür, begutachtet abfällig brummelnd den schwarzen Störfall': „Bestimmt ein Versehen."

Elvira schnappt sprachlos nach Luft.

Manfred kann weiter nichts sagen, fühlt sich dann aber verpflichtet, die inzwischen kohlegeschwärzte Begeisterung von Sohn Felix zu bremsen.

„Junge, komm sofort von dem Haufen herunter!" Tochter Miriam dagegen schüttelt sich, teilt die Fassungslosigkeit ihrer Mutter.

„Ich habe keine Lust mehr in den Zirkus zu gehen", bemerkt sie beleidigt und verschwindet schnell im Haus, um sich vielleicht ihre Hände in Unschuld zu waschen.

Manfred Stallauf verweilt noch eine Weile vor dem schwarzen Haufen, nimmt einige Briketts in die Hand, prüft deren reale Existenz, schüttelt ungläubig den Kopf, bevor er seine Untersuchung ergebnislos beendet.

Später holt er den Fotoapparat und kommentiert: „Noch ein Foto für die Ewigkeit, sonst glaubt uns das keiner."

Elvira unterbricht besorgt: „Wir müssen die Polizei informieren." Manfred schüttelt den Kopf und behauptet dagegen: „Wir sollten die Kohlen wieder abholen lassen."

Von Elvira Stallauf alarmiert, erscheint schmunzelnd Oberkommissar Kohlmeyer: „Ein origineller Scherz", brummt er

Elvira reagiert wütend: „Originell nur, solange der Haufen nicht vor Ihrer Tür liegt."

Kohlmeyer beschwichtigt: „Gibt es Hinweise darauf, wer Ihnen die Kohlen gebracht hat? Eventuell Spuren? Vielleicht eine Verwechslung?"

„Sag ich doch", erhält der Oberkommissar Rückendeckung von Manfred Stallauf.

Nachdem Kohlmeyer einige Male wichtig hin und her geschlurft ist, folgt seine vorerst letzte Feststellung: „Wir tappen bei Ihren schwarzen Kohlen sozusagen im Dunkeln".

Immerhin beauftragt er eine Firma, welche den gesamten Haufen wieder abtransportiert.

In den Zirkus ist Familie Stallauf an diesem Tag nicht mehr gegangen. Dabei hatten sich Felix und auch Miriam besonders auf die Elefanten gefreut.

Mittwoch geht wiederum eine Beschwerde bei der Polizei ein.

„Über Nacht wurde ein Kohlehaufen vor unsere Haustür geschüttet. Dabei besitzen wir keine Kohleheizung."

Wer sich da beschwert, ist Frau Else Schwips vom Stadtarchiv. Sie ist eine belesene Frau, welche am Ort auch Stadtführungen anbietet.

„Und Ihr Mann, Frau Schwips, was sagt der dazu?"

„Mein Mann kommt erst am Samstag nach Hause. Der weiß von alledem nichts."

„Haben Sie Feinde oder Neider?"

„Man weiß das nie, Herr Polizist, irgendwer ist immer anderer Meinung."

Oberkommissar Kohlmeyer reibt sich vor Vergnügen die Hände. „Das ist ja wirklich mal ein ungewöhnlicher Fall! Vermutlich steckt ein Wiederholungstäter dahinter."

Else Schwips überlegt: „Ein Wiederholungstäter. Ganz eindeutig. Vielleicht jemand, der gern provoziert."

Der Oberkommissar muss jetzt planvoll vorgehen. Und er hat ein Motiv.

„Gibt es in der Stadt noch mehr Menschen, die sich mit Geschichte beschäftigen?"

Frau Schwips wird es schwindlig vor Aufregung im Kopf.

„Was denken sie denn! Natürlich! Lehrer, Mitarbeiter der Historischen Bibliothek, der Schlossdirektor."

Oberkommissar Kohlmeyer gibt zu bedenken: „Wir müssen wachsam sein."

Mittwochnachmittag geht Elvira Stallauf mit Miriam und Felix doch noch in die Abendvorstellung von Zirkus Bambus. Der Zufall will es, dass neben ihnen Frau Else Schwips sitzt. Die beiden Frauen nicken freundlich, treffen sich in der Pause zum Meinungsaustausch.

Frau Schwips: „Bei mir hat man heute einen Haufen Kohlen abgeschüttet. Das regt auf. Und ich beruhige mich mit Zirkus, denn in den Zirkus gehe ich gern. Besonders die Elefanten …"

„Genau", unterbricht Elvira Stallauf, „die Elefanten! Da freuen wir uns auch drauf. Übrigens, Kohlen lagen Montagnachmittag auch vor unserer Tür."

Die Frauen schweigen erst betroffen, bevor Elvira Stallauf wieder Worte findet:

„Zirkus Bambus ist berühmt für seine drei Elefanten. Und heute sind die Dickhäuter besonders gut."

„Bis Sonntag bleibt der Zirkus in der Stadt", ergänzt Else Schwips. Dann nehmen die beiden Frauen ihre Plätze wieder ein, denn die Vorstellung geht weiter.

Inzwischen ist es Donnerstagfrüh. Der dritte anonyme Kohlenhaufen liegt bei Familie Teichwein vor der Tür. Die Polizei recherchiert: Herr Teichwein ist Mitarbeiter in der Historischen Bibliothek.

„Die Sterne über unserer Stadt sind Kohlehaufen, die der Reihe nach herunterfallen", meint Oberkommissar Kohlmeyer ernst und ist nun doch verärgert. Sein polizeilicher Stolz wird getroffen, denn alle verdeckten und nicht verdeckten Beobachtungen verliefen bisher erfolglos.

Ein Wiederholungstäter! Eindeutig! Irgendwo muss er oder sie die Kohlen gelagert haben? Und das Fahrzeug dazu? Fragen über Fragen!

Man beschließt an oberster Stelle, das Netz der Beobachtungen enger zu knüpfen. Es muss möglich werden, ein mit Kohlen beladenes Fahrzeug ausfindig zu machen.

Aus der Landeshauptstadt wird polizeiliche Verstärkung angefordert.

Drei Menschen zerbrechen sich inzwischen den Kopf, wie alles zusammenhängen könnte: Manfred Stallauf, Else Schwips, Roberto Teichwein.

Die Drei haben vom Donnerstag zum Freitag eine fast schlaflose Nacht.

Da kommt ihnen die Idee: Sie verabreden, selbst auf Beobachtungsposten zu gehen: Else Schwips im Westen der Stadt, Manfred Stallauf im Zentrum und Roberto Teichwein schleicht durch den östlichen Teil.

So geschieht es: Manfred Stallauf nimmt sich Handy, ein Messer und die Taschenlampe mit.

Elvira, seine Frau, ist besorgt: „Lass dich in keinen Zweikampf ein!"

„Meine Waffen sind ein genaues Gehör und gute Augen", beruhigt er sie.

In dieser Nacht passiert nichts Spektakuläres, es bleibt ausgesprochen ruhig. Die letzten Jugendlichen, welche am Markt noch zusammensaßen, sind verschwunden.

Manfred nickt dem Schatten einer Polizeistreife zu.

In einer leerstehenden Wohnung der Kirchgasse, einem Eckgebäude mit Rundumblick, sieht er sogar ein Fernrohr. Auch dort haben sich Beamte verschanzt.

Der nächtliche Himmel ist wolkenfrei, die Sterne gut zu sehen. Also hängen doch keine Kohlenhaufen über der Stadt.

Manfred Stallauf glaubt den Widerhall von Pferdegetrappel den Quietschton einer Fuhrwerksachse zu hören.

Seine Fantasie macht ihn nervös. Sie ist hinterhältig.

Gegen 1.20 Uhr sieht er plötzlich die Umrisse einer bekannten Person, seine Frau.

„Was machst du hier, Elvira?", ruft Manfred verärgert.

„Ich konnte nicht schlafen", entschuldigt sie.

Und damit verbringen beide die restliche Nacht gemeinsam mit Spurensuchen.

Alle Beteiligten glauben ihre Sache gut gemacht zu haben.

„Wir konnten diesen Wiederholungstäter bestimmt verunsichern", behauptet Oberkommissar Kohlmeyer.

Gegen 9 Uhr ruft die alleinstehende Frau Giebel an und gibt zur Anzeige, dass vor ihrer Haustür ein riesiger Kohlenhaufen den Weg versperrt.

Frau Giebel wohnt im Bereich des Jägerhofes. Den hatten sie vergessen, unter Kontrolle zu stellen.

Oberkommissar Kohlmeyer flucht und schimpft.

„Der vierte Haufen! Wenn das so weitergeht, machen wir uns lächerlich."

Nun ist guter Rat teuer. Was sollen sie tun? Auch für die nächste Nacht wird eine verdeckt operierende polizeiliche Aktion geplant.

„Es muss doch möglich sein, einen Täter, welcher Kohlen ausfährt, dingfest zu machen. Wir suchen

schließlich in einem überschaubaren Stadtgebiet!"
schreit Kohlmeyer und wird dabei wirklich puterrot im
Gesicht.

Frau Giebel ist durch das Ereignis völlig verstört und
kann, nachdem auch ihr Kohlenhaufen schnell abtransportiert wird, den restlichen Tag die Wohnung
nicht verlassen.

Alle grübeln, geschichtliche Recherchen werden auf
Eis gelegt, die Historische Bibliothek bleibt Freitag
geschlossen.

Am Nachmittag fragt Felix Stallauf seinen Vater, ob
er mit dem besten Freund Paul noch einmal in den
Zirkus „Bambus" gehen könne. Der Freund interes-
siere sich auch für den Auftritt der Elefanten. Elvira ist
gerade nicht zu Hause, also entscheidet Manfred allein: „Viel Spaß bei den Elefanten."

Die Zirkusbegeisterung seiner Kinder gefällt ihm.

Felix verabschiedet sich lautstark jubelnd. Nachdem
Manfred allein ist, kommt ihm ein Gedanke: Seit
Sonntag ist der Zirkus in der Stadt. Und seit der
Nacht, vom Sonntag zum Montag, tauchen diese
mysteriösen Kohlenhaufen auf. Einen zeitlichen Zu-
sammenhang könnte man herbei konstruieren. Aber
warum soll ein Zirkus Interesse daran haben, anonym
Kohlenhaufen zu verteilen?

Manfred Stallauf hat damit zwar eine Spur, doch fehlt
dieser der logische Sinn.

Da die gesamte Familie ausgeflogen ist, hat er Lust
auf einen Spaziergang, denn Bewegung fördert das
Denkvermögen, sagt er sich. Und Nachgedacht werden muss jetzt.

Es gelingt! Die Erinnerung kehrt zurück. Als Kind
hatte er oft eine alte Frau in der „Kleinen Badergasse"
besucht. Ihn faszinierte, wie wunderbar diese aus

früheren Zeiten erzählen konnte. Eine der Geschichten handelte vom Zirkuselefanten, welcher in der Stadt Kohlen austrug.

Er bleibt kurz stehen und träumt. Da fällt ihm diese Geschichte wieder ein.

Der Zirkus mit dem Elefanten durfte damals auf dem Schloss überwintern.

Das Fürstenhaus zeigte Mitleid, die Tiere bekamen Futter und ein Dach über den Kopf.

Der Kohleelefant muss wohl besonders für Kinder ein Spaß gewesen sein. Die alte Frau war selbst nach den vielen Jahren, immer noch begeistert, hatte sie doch alles persönlich miterlebt.

Für Manfred gab es nun zwei Spuren: den Zirkus und den Elefanten. Gibt es im heutigen Zirkus „Bambus" Nachfahren damaliger Akteure? Beim Laufen lassen sich gut Theorien konstruieren.

Also begibt er sich die nächste Nacht erneut auf seinen Beobachtungsposten Stadtmitte. Auch Elvira will mitkommen. Diesmal allerdings laufen sie zwar getrennt, aber jeder hat ein Handy in der Tasche.

Plötzlich fällt Manfred an einer Hauswand der Saalgasse ein riesiger Schatten auf. Ist das eine Täuschung? Vielleicht phantasieren seine Nerven wieder?

Aber es besteht kein Zweifel, dieser Schatten hat ei-nen Rüssel und zwei Stoßzähne, schlurft weiter zur nächsten Hauswand. Auf dem Rücken des Tieres sind zwei große Taschen befestigt. Alles nur ein un-schuldiges Schattenspiel?

Jetzt bleibt die Erscheinung stehen, geht in die Knie, beugt sich zur Seite und schüttelt etwas aus den Taschen.

Das sind Kohlen. Die Form der einzelnen Briketts kann Manfred gut erkennen. Sie fallen lautlos auf die Straße.

Er bleibt sprachlos, spürt die eigene Hilflosigkeit, kann nicht einmal über sein Handy Elvira oder Kohlmeyer rufen: Kommen Sie schnell! Ein Elefant! Wir müssen ihn umzingeln! Betäuben! Den Zirkus alarmieren!

Manfred beobachtet, wie sich der Schatten erneut aufrichtet und irgendwie im Dunkeln der Hauswand verschwindet.

Nur der Haufen Kohlen bleibt als reale Erscheinung zurück.

Manfred Stallauf versagen die Kräfte, er geht verstört nach Hause und legt sich überfordert ins Bett.

Es gibt keine Erklärung für die Geschehnisse. Da passt einfach nichts.

Als wissenschaftlich arbeitender Mensch veröffentlicht er nur Dinge, die beweisbar sind. Es muss eine glaubwürdige Erklärung geben.

Mit Oberkommissar Kohlmeyer spricht er nicht.

Und als die nächste Beschwerde über einen Kohlenhaufen in der Saalgasse eintrifft, schlägt dieser ratlos die Hände zusammen.

Zirkus „Bambus" zieht weiter und von diesem Zeitpunkt an, gibt es gibt keine neuen Kohlehaufen. Der Fall kommt ungelöst zu den Akten.

„So ein Nonsens!" sind Oberkommissar Kohlmeyers letzten Worte.

Manfred Stallauf dokumentiert die Ereignisse sorgfältig.

Felix und Miriam wären am liebsten ein drittes Mal in den Zirkus gegangen.

Nachdem aber Zirkus „Bambus" weitergezogen war, spielten sie ihn selbst nach.

Bald gab es die erste Aufführung. Alle Zuschauer sind begeistert. Nur Manfred Stallauf hält die Luft an:

Die Kinder führen einen Schattenspielzirkus auf. Sie bewegen geschickt ihre Hände, lassen einzelne Figuren entstehen und wieder verschwinden.

„Da habt ihr aber lange geübt", meint Elvira.

Else Schwips, Herr Teichwein, Frau Giebel sind zu dieser Premierenvorstellung eingeladen. Sie klatschen lange Beifall, denn besonders gut ist der Elefant gelungen …

Bei der Überlegung, welches Glas ich als Nächstes öffne, fielen mir Früchte mit roter Färbung auf. Blutrot. Das sah nicht appetitlich aus, aber meine Neugier war geweckt.

Und meine Entscheidung für dieses Glas auch. Vielleicht sind es Süßkirschen oder Erdbeeren?

Nach der Öffnung verschwand diese intensive Färbung schnell. Ich wurde Zeuge eines beeindruckenden Farbspieles, denn plötzlich waren die Früchte rosa. Das Ergebnis konnte ich vorsichtig schmecken: dicke, rosige Aprikosen. Aber sie schmeckten lecker. Da ich dies nicht vermutet hätte, bestand sicherlich ein Zusammenhang zur nächsten Geschichte.

Schweineblut

Eduard Spitzbart hielt noch Mitte der sechziger Jahre in der Innenstadt zwei Schweine. Viele Nachbarn rümpften die Nase, schimpften über unerträglichen Gestank, ruhestörendes Gequieke – doch Spitzbart störte das nicht. Er liebte seine rosigen Lieblinge, hatte ihnen einen Holzstall, das war ein würfelförmiger Kasten mit kleinen Fenstern, gezimmert und mitten in den Garten gestellt.

Das gab Ärger! Von manchen Nachbarn wurde er nicht mehr gegrüßt, andere schimpften hinter seinem Rücken. Eduard Spitzbart argumentierte:

„In der Stadt gab es schon immer Tierhaltung."

„Stimmt nicht", konterte Albin Bellermann, einer der schimpfenden Gegner, „1833 hatte der regierende Fürst das öffentliche Halten von Schweinen verboten."

„Wir haben aber keinen Fürsten mehr", trotzte Spitzbart dessen Feststellung. Er war davon überzeugt, mit diesem Bellermann nicht vernünftig reden zu können. Ein sturer Kopf!

Irgendwann im September passierte etwas Schreckliches. In aller Frühe war Spitzbart schon unterwegs, um seine zwei geliebten Borstentiere zu füttern. Normalerweise hörte er sie bereits von fern quieken. Doch heute blieb es still, kein lautstarkes Drängeln: Wir haben Hunger!

Spitzbart wunderte sich schon. Sollten sie noch schlafen?

Als er den Stall betrat, stockte ihm der Atem. Er schrie auf, die mitgebrachten Futtereimer fielen ihm aus den zitternden Händen: Seine zwei Lieblinge lagen leblos neben ihrem Futtertrog, die Schnauzen nach oben geschoben. An den rosigen Leibern sah man genau die Messerstiche. Ihr Blut war im ganzen Stall verschmiert. Hier hat sich eine Tragödie abgespielt. Ihn erfasste lähmende Verzweiflung!
Spitzbart weinte.
Er blieb im Eingang stehen, stützte das Gesicht in die Hände. Seine wenigen grauen Haare schienen noch grauer. Drei wütende Worte kamen ihm über die Lippen: „So ein Schwein!"
Seine zwei gestern noch quicklebendigen borstigen Lieblinge hingerichtet! Und das auf eine brutale, nicht nur Tier, sondern auch menschenverachtende Weise.
Er wusste natürlich sofort, auch ohne Beweise, wer das gewesen ist: Bellermann! Dem fanatischen Tierhasser traute er diese Bluttat zu! Wie oft hat der Schurke gegen seine zwei Lieblinge gewettert. Und er konnte am Stammtisch böse Stimmung verbreiten. Erst gestern war es zwischen ihnen, wegen der vermeintlichen Ruhestörung, fast zu einer handgreiflichen Auseinandersetzung gekommen.
Spitzbart brummte jetzt so etwas wie: Rache.
Nachdem seine Fassungslosigkeit überwunden war, machte er eine Anzeige bei der Polizei.
Diese suchte im und um den Stall, befragte Zeugen.
Nach gründlichen Recherchen wurden beide Schweine fortgeschafft.
Eduard kamen wieder die Tränen. Adieu, ihr Lieben, aber euer Tod wird gerächt!
Eine Möglichkeit fand sich bereits am folgenden Tag.

Der vermeintliche Schurke Bellermann nutzte ein uraltes, dunkles Gewölbe als Keller. Dieser war immer durch eine Eisentür verschlossen. Heute sah der trauernde Spitzbart die eiserne Tür geöffnet.

Wenn der Bellermann jetzt in seinem Keller ist?

Es steckt sogar der Schlüssel! Wie leichtsinnig.

Spitzbart öffnete die schwere Tür ganz, lauschte nun in die Dunkelheit, hörte es im rechten hinteren Teil poltern, genau dort, wo Bellermann seine Kartoffeln und den Wein lagerte. Etwas Aufregung verspürte er schon in der Bauchgegend. Das ist der vom Schicksal gewollte Moment zur Umsetzung seines Racheplanes.

Es gab sogar eine Zwischentür, welche schnell verriegelt war. So konnte dessen Jammern und Rufen nicht nach draußen dringen. Danach, durch zweimaliges Rechtsdrehen des Schlüssels, war auch die äußere Tür geschlossen.

Später mischte sich doch so etwas wie Mitleid in Eduards Wut: Vielleicht lasse ich ihn morgen wieder heraus. Aber nur vielleicht!

Am nächsten Tag klingelte Bellermanns Frau und fragte, ob er nicht ihren Mann gesehen hatte. Sie war aufgeregt und voller Angst, dass ihm etwas passiert sein könnte.

Eduard ließ das nicht kalt. Doch was sollte er jetzt tun? Notlügen sind erlaubt, wenn es um eine gerechte Sache geht!

Seine Notlüge fiel wie folgt aus: „Nein, weiß nicht, vorgestern hatten wir uns auf der Straße unterhalten. Er ist nach rechts und ich bin nach links gelaufen. Mehr kann ich dazu nicht sagen."

Ich lasse ihn ja bald wieder frei, tröstete er sich heimlich. Eine Strafe muss sein. Denn zwei Schweine abzustechen ist mörderisch!

Eduard konnte sich in seiner Wut noch nicht beruhigen. Er dachte gar nicht daran, Bellermann freizulassen.

So vergingen drei weitere Tage. Am vierten Tag hatte die Polizei einen Täter gefunden. Der hieß Otto Nüchterlein. Es gäbe wirklich Beweise für dessen Schuld. Otto Nüchterlein, war ein Nachbar, unauffällig, sehr bescheiden, so dass er nicht mit in den Kreis der möglichen Täter einbezogen wurde. Über die Schweine schimpfen hatte Spitzbart ihn nie gehört. Umso erstaunter war er nun.

Der Bellermann ist unschuldig? Nicht fassbar, sitzt schon vier Tage im Keller. Seine Frau ist inzwischen fast schwermütig geworden.

Eduard musste jetzt handeln! Er ging sofort zum Keller, schloss hastig die eiserne Tür auf, entriegelte gleich die Zweite, Innere. Er rief in die Dunkelheit: „Bellermann!" Es kam keine Antwort.

Wenn der jetzt tot ist? Aber da müsste ja irgendwo eine Leiche liegen. Eduard suchte in der Dunkelheit Orientierung. Er fand den Lichtschalter, klick, der Raum war damit nicht unbedingt hell erleuchtet.

Eduard sah die eingelagerten Kartoffeln, in Regalen staubige Weinflaschen – nur Bellermann lag nirgends entkräftet auf dem Boden.

Ist er doch irgendwie freigekommen? Rückblickend wäre das nicht schlecht. Aber dann müsste Eduard mit irgendeiner Form der Rache rechnen.

Riskant war seine Unternehmung schon. Wie rasch könnte er verschüttet werden! Eduard läuft langsam, tastet Schritt für Schritt den Boden ab.

Hoffentlich gibt es keine Ratten!

Vielleicht ist es aber Bellermann selbst, der sich rächt, ihm mit einem schweren Gegenstand auf den Kopf schlägt, sozusagen mit letzter Kraft.

Plötzlich schien es ihm, als sähe er bleiche Knochen am Boden liegen, erschrak, wollte eigentlich umkehren.

Aber er würde nie wieder ruhig schlafen können, wenn dem Nachbarn doch etwas Schlimmes widerfahren wäre. So schleppte er sich, Todesangst fühlend, nicht wissend, ob er hier jemals herauskommt, vorwärts.

Er kam heraus! Der erwartete Lichtstrahl ließ gar nicht so lange auf sich warten! Das musste ein Ausgang sein.

Spitzbart tastete sich hoffnungsvoll weiter, wusste nicht, was jetzt wichtiger war: sein oder Bellermanns Leben.

Da sah er wirklich eine Tür vor sich, glaube dahinter sogar Stimmen zu hören.

Ich öffne sie jetzt, entschied er. Dahinter folgte ein geräumiger Flur, von dem aus wieder mehrere Türen in verschiedenste Räume führten. Über einer Tür las er das Wort „Gastraum".

Er riss sie hastig auf … Aber wen sah er dort, sehr lebendig und vergnügt am Tisch mit anderen Männern sitzen? Bellermann, Albin Bellermann spielte Karten, trank von einem Halbliterkrug Bier und erzählte, als wäre er hier zum Freitagabend Stammtischtreffen.

Nun richtete sich dessen Blick, mit einem gewissen mitleidigen Glanz, auf den verschreckten Eduard.

„Ach, das ist doch Eduard Spitzbart! Wo kommst du denn her? Wisch dir die Spinnweben aus dem Haar und setz dich zu uns, wir spielen Karten."
Der plötzlich Eingetroffene musste, verstört und mit Kellerschmutz beschmiert, ein Bild des Jammers abgegeben haben.

Bellermann erfasste souverän die Situation: „Ein Bier für meinen Freund Eduard! Er ist ein guter Mensch mit großem Herz für Tiere!"
Spitzbart konnte die Szene nicht fassen, setzte sich traumwandlerisch und willenlos, denn ein Platz am Stammtisch war noch frei. Er bekam sofort einen halben Liter Freibier, die passenden Karten und war augenblicklich Teilnehmer am Spiel. Den Wirt kannte er nicht.

Hier brechen die Erinnerungen der Zeitzeugen ab, behauptet die Geschichte: Bekannt ist nur, dass beide, von nun an, eine enge Freundschaft verband. Oft waren sie gemeinsam unterwegs. Schweine hat sich Eduard Spitzbart nicht mehr angeschafft. Dafür aber viele Kaninchen. Und er gewann auch Preise mit seinen Züchtungen.

Rhabarber ist nicht unbedingt mein Lieblingskompott. Aber es bildete nun einmal den Inhalt des nächsten, äußerlich auffällig verstaubten Glases. Als ich die recht verkrustete graue Außenseite etwas gereinigt hatte, kam ein Etikett mit alter Schreibschrift zum Vorschein. Fast hätte ich es, mit meinem feuchten Lappen, entfernt.
Eine geheime Botschaft?

Das Wort Rhabarber konnte ich erraten. Ein anderes verwaschenes Wort könnte man mit „Dreimal" übersetzen. Aber dann wurde es schwierig.

Also los: Glas öffnen, etwas Kompott essen und abwarten was passiert.

Es passierte erst in der Nacht. Meine Frau empfing mich am Morgen sehr aufgeregt. „Du bist schlafgewandelt. Ich musste nach dir suchen."

Wir aßen wieder Rhabarberkompott.

Am nächsten Morgen mahnte meine Frau erneut: „Du schläfst unruhig, läufst umher.

Die Bemerkung, „Nur noch einmal", beruhigte nicht unbedingt. Von Dreimal spricht das Etikett.

„Drei unruhige Nächte braucht die Geschichte, um in meinem Kopf zu reifen."."

Also aß ich den Rest des Kompottes. Meine Frau rührte es nicht mehr an.

Und am nächsten Morgen, nach einer letzten unruhigen Nacht, konnte ich die folgende Geschichte aufschreiben.

Der Schmetterling

Eduard Trunk wohnt mit seiner Frau immer noch in der Kirchgasse. Schon längst wollte sie nach einer anderen Wohnung suchen. Doch ihr Mann entwickelt eine erstaunliche Sturheit in dieser Sache. Eduard will hier nicht weg. Und wenn seine Frau günstige Wohnungsangebote auf den Tisch legt, beginnt er zu renovieren. Er malert und baut und hat auch ein ‚Händchen' dafür. Dann wird es ruhiger um ihren Interessenstreit.

Vielleicht ist es die ‚krumme Schönheit' der Dinge, der Balken und Wände, von Fenstern und Türen, ja der Gasse selbst?

Er philosophierte gern mit den Worten:

Am Anfang war die Hand, die sich Holz, Lehm und Stroh nahm und ein Haus baute.

Was für herrliche Geschichten lassen sich hier finden. Eduard hat Auge und Ohr dafür.

Am liebsten jedoch sind ihm die dunklen, geheimnisvollen Räume des Dachbodens. In freier Stunde zieht er sich dorthin zurück, hört, wie ihm herumliegende Bücher, Kisten und Nachkriegskoffer, Zeitungsreste, so dünn wie Spinnweben, ihre Erinnerungen zuflüstern.

Die schönsten Geschichten allerdings kennt der dicke, rotbraune Sessel mit seiner gemütlichen Kopfstütze und dem eingerissenen Lederbezug. Ewald macht es sich darin gemütlich, schließt erwartungsvoll seine Augen, wartet auf eine neue alte Geschichte. Spannung liegt in der Luft.

Es geht wieder los. Schon nähern sich Schritte, als wolle jemand zu einer Audienz, bleiben jedoch vornehm auf Abstand. Er will gar nicht sehen, wer da kommt.

Welche Hand legt plötzlich eine Schallplatte auf? Ein Marsch aus der Ferne. Er grüßt von weit her. Längst hat sich rauschend, knackend und kratzend die Zeit darübergelegt.

Von der linken Seite des Sessels ruft eine besorgte Stimme: „Karl! Karl!"

Die Stimme kommt von weit her. Es liegen so viele Jahre zwischen Karl und Eduard. Karl war Schornsteinfeger, bewohnte mit Familie die zweite Etage und hieß Karl Otto.

Seine Antwort folgt aus der rechten Kopfstütze: „Amalie, ich muss schlafen. Amalie, sei still. Ich bin müde."

Ach Karl, du bist mir ein Kerl, denkt Ewald, öffnet wieder seine Augen. Der Blick fällt auf einen dunkelbraunen Schreibsekretär mit auffallend vielen Fächern und Intarsienverzierungen. Dieses, auf drei Füßen hinkende Möbelstück hat ihn schon öfters beeindruckt.

Noch sind nicht alle Fächer geöffnet, zum Beispiel das Dritte von unten links leistet Widerstand.

Ewald will es jetzt wissen, zwingt das Holzkästchen zur Kapitulation. Ihn erwartet langweilige Leere. Trotzdem fährt ein geheimnisvoller Windhauch aus dem geöffneten Fach. Schnell ist er an ihm vorbeigezogen und erzeugt eine prickelnde Gänsehaut.

Ewald lässt sich lieber wieder ins alte Leder des Sessels fallen, schließt erneut die Augen.

Er muss warten, bis eine andere Frauenstimme zu hören ist. Immer hört er diese sanfte, fast kindliche Stimme.

Aber riecht es nicht plötzlich nach Rauch? Die Frauenstimme kann er inzwischen nicht mehr verstehen. Sie wird übertönt von dem bedrohlichen Klang eines lauter werdenden Knisterns.

Feuer! Ewald bekommt Angst. Er hat vergessen, jenes Schubfach am Schreibsekretär zu schließen. Schnell, bevor Schlimmeres passiert, holt er es nach. Das Licht der einzigen Glühbirne im Raum beginnt zu flackern. Schaukelt in seiner Fassung, als wäre ein Seesturm ausgebrochen. Nur langsam tritt wieder Dachbodenruhe ein.

Ewald Trunk setzt sich nicht wieder, nimmt ein kleines Buch, mit rotbraun marmoriertem Einband, wischt mit der Hand über die erste Seite, um den Titel lesen zu können: „Schattenspiele".

Er erinnert sich an schwarz-weiße Bilder: Hase und Wolf, den Stier und die Krähe, aber auch der Mann mit Hut und schließlich den Elefanten.

Wie hat er die bewegten Silhouetten dieser Figuren in seiner Kindheit geliebt. Bei richtigem Lichteinfall kann daraus ein wunderbares Spiel werden.

Damals gab es eine Besonderheit: Wenn die Geschicklichkeit der Finger versagte, eine Figur ließ sich immer bewegen: Der Schmetterling.

Ganz bestimmt kann er ihn auch heute noch fliegen lassen. Der Versuch wäre es wert. Ewald stellt sich gegen das Licht, damit seine Hände Schatten auf die Wand werfen können. Dann legt er sie kreuzförmig übereinander, spreizt die Daumen ab, welche sich augenblicklich in Fühler verwandeln. So funktionierte es damals! So funktioniert es heute!

Die Handflächen behutsam vor und zurückbewegen, schon flattern gerade erst geborene Flügel. Noch ist das Tier etwas vorsichtig. Zu jung? Weiter üben, die Haltung korrigieren, einzelne dunkle Linien kräftiger zeichnen. Nach einiger Zeit der Übung flattert der Schmetterling sicherer.

Ewald holt noch einmal Schwung. Wie ein altes Notenblatt, ist die Kindheit zurück, lässt sich die Musik gut dirigieren.

Schon steigt das Schattenspiel auf, der Schmetterling fliegt durch den Raum.

Er entfernt sich, kommt in gekonnter Zickzacklinie höher, macht Station auf einer farbigen Kante unterhalb der Decke.

Für den Anfang fliegt er zu hoch. Ewald muss ihn bremsen, beschreibt mit den Händen einen kreisförmigen Abschluss. Das Spiel wird beendet.

Brav, Schmetterling, brav. Sein Schattentier kehrt zurück.

Luft holen. Eine Pause tut beiden gut. Dann hebt Ewald die geöffneten Handflächen erneut nach oben: Der erwachte Schmetterling wagt sich wieder vorsichtig hervor, schüttelt die Flügel. Für einen neuerlichen Flugversuch ist er bereit, hebt ab, verliert aber an Höhe, kehrt schnell zurück. Ein letztes Mal Kraft schöpfen! Es ist nicht einfach mit dem Fliegen.

Sein nächster Erkundungsflug in die Welt der Bodenkammer lässt nicht lange auf sich warten.

Schnell erreicht das Tier wieder die bekannte Höhe, schwirrt über die Farblinie hinüber auf die andere Seite des Raumes. Ewald hat Freude an seiner Schöpfung, verfolgt dessen schwungvolle Kapriolen. Er ist der Dirigent, bestimmt über das Auf und Ab dieser schwarzen Erscheinung.

Doch schnell hat sich das Tier emanzipiert, verlässt den erlaubten Bereich. Diese plötzliche Unberechenbarkeit macht Ewald, den Dirigenten, nervös. Hastig senkt er die Arme, prüft, ob das Geschehen noch in seiner Hand ist. Es funktioniert. Der aufmüpfige Schmetterling kehrt zurück. Brav. Ein Glück!

Ewald, im Spielrausch, will sein Schattenspiel wieder flattern lassen.

Er ist begeistert: Der Schmetterling fliegt durch den weiten Raum, über die ganze Zettel-, Schnipsel-, Bücher und Zeitungslandschaft hinweg. Stürzt sich im freien Flug auf die Werbeanzeigen einer alten Zeitung über „Hingfong Essenz". Irgendwann scheint er genug gelesen, landet müde auf dem größten Holzschrank, senkt die Flügel.

Auch Ewald Trunk verspürt eine plötzliche Müdigkeit, lässt, solidarisch seine Arme kraftlos herabhängen. Sein Verstand ist alarmiert: Vorsicht, du schläfst jeden Augenblick ein!

Und wirklich, die bleiernen Füße tragen ihn gerade noch bis zu seinem Königssessel zurück.

Der große Wurf ist nun nicht mehr möglich. Aber etwas ausruhen tut gut. Vermissen wird ihn die nächste Stunde niemand. Denkt er!

Ewald schläft acht Stunden! Und da vermisst ihn längst seine Frau. Sie weiß aber, wo ihr Mann zu suchen ist: In der Bodenkammer!

Elvira Trunk läuft mit leichtem Schritt die Stufen zu besagtem Ort, reißt nervös die Tür auf, sieht Ewald schlafend im Sessel sitzen. Im Halbdunkel erscheinen seine dunkelbraunen Haare ziemlich grau.

„Ewald!" ruft sie mit leicht erregter Flüsterstimme. Keine Reaktion. Ihr Rufen wird ärgerlicher und lauter: „Ewald! Was soll denn das?"

Dieser erwacht, streckt sich unschuldig, blinzelt in die Welt, sieht seine Frau: „Was ist los? Wie spät ist es?" Elvira belehrt: „Du bist seit über acht Stunden bereits hier oben und schläfst."

Ewald versucht seine Fassung durch Aufrichten des ganzen Körpers wieder zu erlangen. Er beugt sich nach vorn, streckt den Oberkörper, fährt mit der Hand das Gesicht ab, als führe diese bereits den munter machenden nassen Waschlappen.

„Ich kann dir nicht wirklich sagen, weshalb und warum. Da ist nichts Besonderes passiert."

Seine Frau rümpft die Nase, fragt etwas misstrauisch: „Gesundheitlich geht es dir aber gut?" Er nickt. Keine besonderen Vorkommnisse.

Eduard sucht, von der Bodenkammer Abschied nehmend, mit seinen Augen die Wände nach heimlichen Flugobjekten ab. Tatsächlich sieht er unterhalb der Decke seinen Schmetterling herumflattern. Und als sie die Tür öffnen, fliegt dieser hinaus. Was soll´s!

Eduard betätigt den schwarzen, in seiner Fassung wackelnden Lichtschalter. Über das Vorkommnis wird nicht mehr gesprochen.

Tage später, während des gemeinsamen Abendbrotes, erzählt seine Frau besorgt: „Schon seit einiger Zeit, habe ich nichts mehr von Anika gehört und gesehen."

Anika ist Frau Trunks beste Freundin.

Donnerstags treffen sie sich regelmäßig, in einem kleinen Café der Stadt. Gerade jetzt im Sommer ist es besonders reizvoll, draußen zu sitzen. Das lässt sich Anika doch niemals entgehen! Gestern hatte Elvira bei ihr geklingelt. Umsonst. Dafür fiel auf, dass in der Wohnstube Licht brannte.

„Es brennt auch heute noch", berichtet sie besorgt, „genauso wie bei Familie Munter, eine Etage höher, und Familie Wackerrodt, eine Etage tiefer. Die Haustür ist verschlossen. Selbst der alleinstehende Herr Wending öffnet nicht. Das ist ungewöhnlich."

Und dann ihre Vermutung: „Ewald, in dem Haus stimmt etwas nicht!"

Er zuckt hilflos mit den Schultern: „Was soll nicht stimmen? Hast du etwas Befremdliches bemerkt? Vielleicht den Durchzug einer Gaswolke?"

Elvira stampft wütend ihr Salatschälchen auf die Tischplatte: „Du nimmst mich nicht ernst! Es ist ungewöhnlich, dass Anika nichts hören lässt. Es ist ungewöhnlich, dass in allen Wohnstuben Licht brennt. Wir müssen die Sache untersuchen."

Ewald verspürt ein ungutes Gefühl in der Bauchgegend. Warum muss er ausgerechnet jetzt an den Schmetterling denken?

Elvira kann er bis heute davon nichts sagen. Sie glaubt es sowieso nicht. Also spielt er den Genervten: „Du musst deine Nase nicht immer in fremde Angelegenheiten stecken. Lass doch die Leute in Ruhe! Anika kann verreist sein. Hat nur vergessen, dir Bescheid zu sagen."

Da Elvira aber keine Ruhe gibt, macht Ewald den Vorschlag, die Sache selbst zu untersuchen.

„Wenn wirklich was ist, rufe ich dich sofort zu Hilfe."

Elvira ist damit einverstanden, vielleicht sogar erleichtert.

Nach dem Abendbrot bewegt sich Ewald zum Nachbarhaus. Auf allen Etagen brennt, wie von seiner Frau beschrieben, Licht. Als Nächstes hört Ewald auf befremdliche Geräusche. Sein Lauschangriff wird immer wieder durch vorbeifahrende Autos unterbrochen. Trotzdem kann er nichts Verdächtiges hören oder sehen. Auch keine Gaswolke!

Also gut, Teil zwei seines Planes: Ewald klingelt zuerst bei Anika, dann bei Familie Munter. Keine Lebenszeichen. Auch Familie Wackerrodt und Herr Wending, in Parterre, reagieren nicht. Ewald Trunk versucht es noch einmal, zweimal, dreimal, viermal: Nichts! Die Haustür bleibt verschlossen.

Er beobachtet von der anderen Straßenseite letztmalig die Fenster: Kein Anzeichen irgendeiner Bewegung vor oder hinter den Gardinen.

Nun folgt Teil drei seiner Strategie: Er versucht, vom Nachbarhaus über den Hof zum Hintereingang zu gelangen. Das gelingt. Ewald steht so, völlig unbemerkt, vor der offenen Kellertür. Das ist nun seine Chance. Noch mal tief Luft holen. Nein, Angst hat er nicht! Schon gar nicht vor dunklen Räumen.

Und als er so den unsanierten Teil des Hauses betritt, reift der Gedanke, später alles fotografisch festzuhalten. Er erreicht den Hausflur Parterre, steht vor der Tür von Herrn Wending. Das Flurlicht funktioniert. Klingelsturm und lautes Klopfen wechseln sich ab. Das gleiche Spiel in der ersten Etage, Familie Wackerrodt, dann Anika Schmidt. Ewald klingelt, klopft, ruft. Hier stimmt etwas nicht …

Schon probiert er, ob sich eine der Türen öffnen lässt. Nichts! Letzter Versuch bei Familie Munter in der zweiten Etage! Ohne Erfolg! Jetzt muss etwas passieren. Die Polizei zu rufen, das schließt er aus. Ewald Trunk fühlt sich verantwortlich für diese Situation, spürt, er allein kann nur helfen.

In welche der Wohnungen soll er zuerst hineingehen? Vielleicht doch hier, bei Familie Munter? Eventuell findet sich eine Lösung.

Ewald Trunk beherrscht das Öffnen von Türen mit verbogenen Kreditkarten. Auf diese Situation vorbereitet, holt er eine längst verfallene Karte seiner Krankenkasse aus der Tasche, verbiegt diese durch einen geschickten Trick. Jedenfalls ist die Wohnungstür nach kurzer Zeit offen.

Mit Bedacht setzt er die ‚Leisesohlenstrategie' ein, bewegt sich langsam vorwärts, ruft immer wieder: „Hallo!". Doch es folgt keine Antwort.

Ewald betritt den entscheidenden Ort, die erleuchtete Wohnstube. Was er hier vorfindet, ruft eher Schmunzeln hervor: Familie Munter, Vater, Mutter, zwei Kinder, acht und zwölf, sitzen oder liegen gut verteilt im Raum und schlafen. Das Bild ähnelt der Vorstellung vom paradiesischen Frieden. Allerdings muss er auch an ein bekanntes Märchen denken: Hundert Jahre sollten die Menschen dort schlafen, denn „Dornröschen war ein schönes Kind".

Nachdem Ewald sich genug über die angetroffene Szene amüsiert hat, folgen seine strategischen Überlegungen, wie das Ganze zu beenden sei. Den armen Menschen muss geholfen werden. Es bleibt die Wahrscheinlichkeit, dass auch alle anderen Bewohner des Hauses ein gleiches Schicksal ereilt hat.

Der Schmetterling! Da sieht er sein Werk, hoch oben, knapp unter der Decke fliegen. Wenn er nicht augenblicklich das Tier wieder einfängt, dann wird es wohl die nächsten hundert Jahre so bleiben.

Die Kindheit ist aus den Fugen geraten, testet Grenzen aus. Er gibt mit seinen Händen dem Schmetterling ein energisches Zeichen, dann lässt Eduard sie entschieden herabsinken.

Es gelingt.

„Deine Zeit ist um, lieber Schmetterling."

Und tatsächlich folgt das Tier – verzieht sich in die Geborgenheit der Handflächen seines Schöpfers, um dort Ruhe zu finden.

Kaum geschehen, werden Munters munter. Sie recken und dehnen sich, blinzeln mit den Augen, fragen erschrocken: „Was ist los?"

Ewald Trunk steht Rede und Antwort. Als Nachbarn haben sie sich Sorgen gemacht. Erst seiner Frau sei aufgefallen, dass in dem Haus etwas nicht stimmt.

Wie er nach dem Verlassen der Wohnung im Flur bemerkt, kommt wieder Leben ins alte Haus.

Familie Wackerrodt schlurft über ihren Laminatfußboden, und Anika öffnet verschlafen blinzelnd die Tür. Sie fragt nach Elvira, weiß nicht, was mit ihr selbst die letzten Tage los war. Jedenfalls müssten sie unbedingt wieder einmal zusammen ins Café. Und auch Herr Wending poltert, erwacht, hinter verschlossener Tür.

Ewald Trunk reibt sich die Hände und verlässt zufrieden das Haus. Seine Frau kommt ihm auf halber Strecke, aufgeregt entgegen: „Was war los?"

„Ich kann es dir nicht sagen. Aber die Welt ist dort drüben wieder in Ordnung. Das sind eben die Geheimnisse zwischen Himmel und Erde, von denen es unter und über uns vernünftigen Menschen nur so wimmelt. Wir wollen es einfach nicht wahrhaben."

Sagt es so und erklärt, dass damit die Sache für ihn abgeschlossen sei.

Für seine Frau allerdings noch nicht. Sie muss darüber nachgrübeln, kommt aber vorerst zu keinem Ergebnis. Einziger Trost bleibt, dass Anika nächsten Donnerstag wieder mit ihr ins Café gehen möchte. Vielleicht finden die beiden Frauen dann eine Erklärung für das Geschehene.

Der Inhalt des nächsten Glases war von außen leicht erkennbar: Süßkirschen, große weiche Früchte, deren blasses Rot müde wirkte. Sie wollten, nach den vielen Jahren im Keller, heraus aus dem Glas. Kein Problem. Geschmacklich eher wässrig, zeigte sich, nachdem das Glas leer gegessen war, eine ungewöhnliche Reaktion.
Greift mir jemand mit feuchter Hand in den Nacken?
Doch da war niemand.
Das Unerklärliche wiederholte sich.
Gehörte die feuchte Hand zur nächsten Geschichte?
Die Geschichte kam und ich beeilte mich, sie schnell aufzuschreiben.

Die weiche Hand von Wagner

Richard Wagner war 21 Jahre alt, als er am 19. August 1834 mit einer Theatergruppe in Rudolstadt eintraf.

Unterwegs, von Bad Lauchstädt kommend, hatte ihre ‚Komödienkutsche' eine Panne. Und das passierte mitten zwischen Wiesen und Feldern, infolge eines sehr ausgefahrenen Weges. Was nun wirklich für das Ausscheren der hinteren Achse verantwortlich war, wuchtige Feldsteine oder der sehr weiche, sumpfige Boden, konnte nicht mehr ausgemacht werden. Egal, Wagner kümmerte es nicht. Er hatte noch Brot im Beutel und Papier zum Skizzieren. Weiterschreiben will er an seiner neuen Sinfonie. Warum aber fiel es ihm diesmal so schwer? Wo blieb der inspirierende Funke zum Schreiben? Diese Sinfonie ist schlimmer als ein Achsenbruch. Er hatte trotzdem den unerklärlichen Ehrgeiz, das Werk zu vollenden.

Die Fahrgäste murrten bereits.

Zum Glück saß Johann Hempel mit in der Kutsche. Der Mann konnte alles: Schauspielern, Regie führen, Bühnenbilder erfinden und kaputte Achsen reparieren. Es gab keine Notsituation, wo er nicht irgendwie zu helfen wusste. So auch jetzt: Und nach etwa zwei Stunden konnte die Kutsche ihre Fahrt nach Rudolstadt fortsetzen.

Wagners Noten auf dem Papier wurden durchge-
schüttelt. Die Fahrwege waren furchtbar. Es kümmerte niemanden. Nur der Reisende musste leiden.
Und die Noten!

Vielleicht kam aber, richtig geschüttelt, eine brauch-
bare Komposition aufs Papier.

Mit Rudolstadt verband er große Hoffnungen: Konnte
hier seine Oper „Die Feen" uraufgeführt werden? Ihre
Magdeburger Theatergruppe sollte viele Opern, Sing-
und Schauspiele einstudieren, dass arme
Rudolstädter Publikum mit hoher Kunst traktieren.

Der verantwortliche Heinrich Bethmann war ehrgei-
zig. Er hatte auch das Sagen: Organisierte, plante,
entschied, wo sie auftraten.

Wagner wird sich um den Chor kümmern, entspre-
chende Gesangspartien einstudieren. Außerdem
hoffte er auf den Kontakt zu wohlwollenden, einfluss-
reichen Menschen in der kleinen Residenz.

Hofkapellmeister Friedrich Müller wäre als begeister-
ter Musikfreund ein solcher.

Wagner legte das Papier beiseite, es hatte heute keinen Sinn mehr, weiter Noten zu skizzieren, schaute
in die Landschaft, fühlte sich in der Rolle eines rei-
senden Prinzen, die Frage auf den Lippen: Wem gehört dieses Land?

Von Zollstation zu Zollstation fiel die Antwort anders
aus. Es gab viele Grenzen.

Endlich erreichten sie ihr Ziel, das Fürstentum
Rudolstadt-Schwarzburg. Die Straßen waren hier
auch nicht besser. Nur eine schattige Allee entlang,
verlief die Fahrt kurz ruhiger.

Ankunft war vor dem Gasthof zum Ritter, einem riesigen stuckverzierten Gebäude, in dessen Inneren sich
ein großer Saal befand. Hier wurden Kompositionen

aufgeführt, Bälle veranstaltet oder es diskutierte der Landtag.

Die am späten Nachmittag eingetroffene Theatergruppe wurde von Hofkapellmeister Müller begrüßt. Er sah sichtlich froh aus, dass sie Rudolstadt gesund erreicht hatten. Heutzutage weiß man ja nie.

Es stand viel auf dem Spiel. In Rudolstadt, rund um das Theater, fand das jährliche Vogelschießen statt. Dazu hatten sich bedeutende Gäste angesagt.

Hofkapellmeister Müller machte einen leidenschaftlichen Eindruck.

„Das Volk muss gebildet werden", behauptete er. „Schauen Sie sich die Gassen und Straßen der Stadt an! Alles dunkler, dumpfer Pamp. Die Häuser befinden sich in schlechter Verfassung. Überall bröckelt es, haben Nässe und Schimmel die Macht. Soll so auch das Innere der Menschen beschaffen sein?"

Der junge Wagner war begeistert von diesem Müller. Da konnte etwas werden!

Anders Müllers Eindruck von Richard Wagner. Er hatte schon von dem begabten jungen Komponisten gehört. Dieser soll auch eine neue Oper im Gepäck haben.

Hofkapellmeister Friedrich Müller dachte sich: Da kann was werden. Doch das Schicksal reichte ihm eine kraftlose, schwammige Hand – Wagners Hand. Müller zog irritiert seine eigene zupackende Hand sofort zurück.

Es gab eine Tagebucheintragung von ihm: „… wie war ich erschrocken, plötzlich von diesem hoffnungsvollen, jungen Mann eine schlipprige Qualle, in Form seiner Hand, gereicht zu bekommen. Wie kann solch ein Mensch kraftvolle Musik komponieren? Nein, nichts als Enttäuschung…"

Die Theatergruppe um Heinrich Bethmann, müde und erschöpft, wurde auf freie Wohnungen in der Stadt verteilt. Wagner durfte ein Zimmer im Haus „Alte Straße 47" beziehen. Hier konnte er ausruhen, Gedanken sortieren und immer noch auf eine Premiere seiner Oper hoffen.

Als er am 25. August 1834 Müller die Partitur zur Oper „Die Feen" überreichte, ahnte er nicht, dass jener im Kopf bereits eine Ablehnung des Werkes fertig hatte. Müller hatte es nie gelesen. „Die Feen" interessierten ihn nicht mehr.

Es kam zu einer großen Krise im Leben Wagners! Seine Oper war abgelehnt, mit der begonnenen Sinfonie kam er nicht weiter. Schließlich das enorme Arbeitspensum durch die Aufführung vieler anspruchsvoller Werke, verbunden mit Nerven aufreibenden Chorproben.

Er war enttäuscht und zugleich erschöpft und wollte eigentlich wieder weg von Rudolstadt. Doch da war diese vertragliche Abhängigkeit von Bethmann.

Dank des eifrig forschenden Historikers Erich Rienzl wissen wir von zwei weiteren Bemühungen Wagners, doch noch seine Oper aufführen zu können.

Erstaunlicherweise wandte er sich an Ludwig Karl August von Beulwitz, welcher damals Landesfürstlicher Kommissar und Vorsitzender des Landtages war.

Beulwitz erwähnt in einem Brief an den Abgeordneten „von Schade" das Zusammentreffen mit Wagner: „… interessanter Mensch, klug, offen, oft allerdings zu sehr ein Heißsporn, hat aufklärerische Ideen, die ich nicht immer gutheißen kann. Wahrscheinlich mag er die Monarchie nicht. Das sind eben die Künstler!

Alles zu verzeihen. Wenn da nicht seine unangenehm weiche Hand gewesen wäre! So ein junger, aufstrebender Mann mit solch nichtssagendem, kraftlosem Händedruck. Ich muss ihnen meine Enttäuschung mitteilen. Diese ließ auch kein Interesse an seiner neuen Oper zu."

Das war ein hartes Urteil und muss Wagner ein zweites Mal sehr verletzt haben.

Ein dritter, von Erich Rienzl gefundener Nachlass, gab Auskunft über das Zusammentreffen Wagners mit dem damals regierenden Fürsten Friedrich Günther. Das war die Zeit, als der Regent dem Theater noch wohlwollend gegenüberstand.

Rienzl fand eine Tagebucheintragung des Fürsten vom 7. September 1834. Darin heißt es:

„... Heute mit Kompositeur Wagner zusammengetroffen. Hoffte, dieser Mann kann viel Gutes für unser Theater, das Land tun. Doch als er mir seine kraftlose, schwammige Hand zum Gruß reichte, war ich enttäuscht. So grüßt kein deutscher Mann. Selbst ein Knabe grüßt kraftvoller. Nein, dieser Wagner kann weiterreisen ..."

Er ist es denn auch, mit der gesamten Theatergruppe, nach Magdeburg. Später ging es bis Königsberg und Riga.

Später, ja, später hatte Wagner seiner künstlerischen Enttäuschung Luft gemacht. Das war 1848, als er sich wirklich kraftvoll und kämpferisch an den revolutionären Unruhen in Dresden beteiligte. Bestimmt hat er auf den sächsischen Barrikaden auch an die Absagen in Rudolstadt gedacht.

Erich Rienzl behauptet, mit einem anderen Händedruck wäre seine frühe Oper, die „Feen" zum Erfolg geworden.

Und doch hatte Wagner in Rudolstadt beschlossen, keine Sinfonien zu schreiben. Und er verliebte sich in Minna Planer, eine junge Frau aus der Theatergruppe. Das waren kraftvolle Entscheidungen!
Minna Planer hatte er zwei Jahre später geheiratet.

Der Inhalt des nächsten Einweckglases zeigte sich nicht besonders verlockend. Da verbarg sich irgendein grauer Brei. Wie sich herausstellte: Apfelmus. Nun gut, damit bin ich aufgewachsen. Also wird der Brei artig gelöffelt.
Er schmeckte nie anders. Aber ich will tolerant sein, denn auch in der nächsten Geschichte ist Toleranz gefragt.

Nachts sind alle Katzen grau

Die Geschichte führt mich zurück in eine Zeit, als es noch einen Schallplattenladen in der Marktstraße gab.

Paul Holböck ein bekennender Junggeselle, fand hier zweimal wöchentlich Schallplatten mit guter klassischer Musik oder Veröffentlichungen im Jazzbereich.

Eines Tages stand eine schlanke, dunkelblonde Frau im Laden und suchte konzentriert bei den Opernquerschnitten.

Sicher war sie ähnlich alt wie er. Oder jünger? Das ließ sich nicht mit Bestimmtheit sagen. Aber sie gefiel ihm genauso gut, wie eine neue Aufnahme geistlicher Chorwerke von Anton Bruckner.

Die Anton Bruckner Schallplatte wurde gekauft, blieb bei ihm, jene Unbekannte nicht. Sie verließ irgendwann, ohne einen Blick in seine Richtung, das Geschäft.

Paul Holböck spürte es: Von nun an durchzog ein aufregendes Beben seinen Körper, wie er es nur beim Hören der Musik von Dvorak und Schubert kannte.

In diesem Zusammenhang wären auch die Klavierkonzerte von Tschaikowski zu nennen.

Dieses Beben beruhigte sich nicht, nahm besonders nachts an Intensität zu. Hier standen Schweißausbrüche und Frostattacken in wechselnder Konkurrenz.

Es raubte ihm den Schlaf. Aus dem rotwangigen, vitalen Holböck wurde ein blasser Geist.

Wie sehr sehnte er sich wieder nach einer Begegnung mit ihr. Am besten im Schallplattenladen.

Und es fügte sich, während seiner Beschäftigung mit den Gurreliedern von Arnold Schönberg, dass jene Fremde erneut den Schallplattenladen in der Marktstraße betrat.

Wieder suchte sie bei den Opernquerschnitten.

Vielleicht kann ich ihr helfen, dachte Paul. So ließe sich zumindest ein Gespräch anfangen!

Bevor er aber ein erstes Wort über die Lippen brachte, kam sie ihm zuvor.

„Können Sie mir weiterhelfen? Ich suche einen Querschnitt zur Oper „Margarethe" von Charles Gounod."

Paul Holböck kratzte sich nervös am Kinn.

„Opernquerschnitte werden nicht so viel gekauft.

Sehen sie, ganz hinten stehen die sogenannten Ladenhüter, Schallplatten, die nicht so gut gehen. Hier könnte die „Margarethe" zu finden sein."

Die Unbekannte bedankte sich schmunzelnd, suchte auf seine Anweisung ganz hinten.

Er fragte sich innerlich: Dieser Hinweis auf die Ladenhüter, war der jetzt undiplomatisch?

Paul Holböck selbst entschied eine Neuaufnahme von Tschaikowskis „1. Klavierkonzert" zu kaufen. Er fühlte in diesem Moment sein Glück nicht bei Schönberg, sondern Tschaikowski gut aufgehoben.

Bei seinem nächsten Besuch des Schallplattenladens war sie nicht anwesend. Eine große Enttäuschung! Aber wie konnte er sich auch sicher sein, dass sie nun immer nach Opernquerschnitten sucht.

Ihre Margarethe hatte die Frau schließlich gefunden.

In Pauls Kopf dröhnte ein Hammerwerk, das war lautstarker Ärger über die vertane Chance.

Seine Freude an Musik verpuffte in den nächsten Tagen. Dunkles inneres Selbstmitleid machte sich breit, quoll aus ihm heraus, bis über die Ladentheke des Schallplattenladens in der Marktstraße, hin zur Verkäuferin. Die kannte ihn gut. War keine weitere Kundschaft anwesend, verwandelte sich der Raum in eine Art psychologisches Sprechzimmer.

Heute wurde die ganze Enttäuschung über sein aktuelles Wohnungsproblem Thema.

„Es ist nicht einfach, als Alleinstehender günstigen Wohnraum zu erhalten. Auf dem zuständigen Wohnungsamt wird die Angelegenheit verschleppt."

Die Verkäuferin stimmte ihm zu: „Alles politisch! Gute Staatsbürger sind gefragt. Singles bleiben unberechenbar. Sie auch, Herr Holböck."

Noch während dieser Unterhaltung, betrat überraschend die fremde junge Frau wieder den Laden.

Paul unterbrach gleich sein Wohnungsproblem.

Doch die Fremde hatte einen Teil des Gespräches mitbekommen, mischte sich gleich ein: „Fragen Sie nach der Zweiraumwohnung in der Feuersteinstraße 8. Die liegt in der ersten Etage und wurde schon länger nicht mehr bewohnt. Ich weiß es genau, da ich in diesem Haus auch wohne."

Holböck reagierte überrascht:

„Findet sich dort kein Mieter? "

„Doch, doch, aber es geht da nicht mit rechten Dingen zu. Die letzten Mieter sind schon nach kurzer Zeit auf mysteriöse Weise verschwunden. Hatten nicht gekündigt oder so. Weg waren sie und keiner weiß, wohin."

Wirklich schnell wollte Paul Holböck gar nicht umziehen. Heute ging es ihm vorrangig um das Selbstmitleid. Doch auf dieses Angebot reagierte er:

„Das gefällt mir. Werde auf dem Amt genau nach dieser Wohnung fragen."

Welche einmalige Chance bot ihm das Schicksal. Er könnte, ganz in ihrer Nähe wohnen, sie vielleicht jeden Tag sehen.

Die junge Frau schmunzelte und wendete sich wieder den Klassikschallplatten zu.

Nur die Verkäuferin bemerkte etwas ängstlich:

„Also mir wäre das nichts. Mit so einer Spukwohnung soll man nicht scherzen. Überlegen Sie sich das genau."

Paul widersprach: „Wieso Spukwohnung? Das waren vielleicht Mietnomaden, die sich einfach verdrückt haben."

Er beobachtete, dass die Fremde wieder bei den Opernquerschnitten suchte. Diesmal musste er zuerst die Initiative ergreifen.

„Wie hatte ihnen die Einspielung der Margarethe gefallen? Ich selbst kenne sie noch nicht."

Die Frau lächelte erst, wurde dann aber ernster:

„Sie werden die Oper kennenlernen."

Paul verstand ihre Prophezeiung nicht. Das Gespräch war damit schnell beendet.

Schon am nächsten Tag erkundigte er sich nach dieser Wohnung in der Feuersteinstraße 8

Er hatte Glück. Paul Holböck jubelte. Das Schicksal meinte es doch gut mit ihm, schenkte ihm eine Wohnung in ihrer Nähe.

Er kümmerte sich um einen Möbeltransport und war mit Hilfe von Freunden in kürzester Zeit umgezogen.

Seltsam, dass die Fremde wie vom Erdboden verschluckt blieb. Paul hoffte immer auf eine neue Begegnung.

Er studierte die Klingelschilder, rätselte, welcher der Namen zu ihr gehörte.

In der ersten Nacht träumte ihm gleich von einem gemeinsamen Konzertbesuch.

Natürlich stand „Margarethe" von Gounod auf dem Programm. Paul saß mit ihr auf einem Logenplatz, sah die Oper, welche er nicht kannte.

Vielleicht treffe ich sie heute, waren am Morgen seine hoffnungsvollen Gedanken.

Statt ihrer, begegnete ihm in Parterre eine kräftige Frau, die ihre große graue Katze an einer roten Leine spazieren führte. Das Bild war zu komisch. Paul Holböck konnte sich ein Schmunzeln nicht verkneifen.

Die Frau hatte es wohl mitbekommen, denn auf sei-nen freundlichen Gruß, drehte sie ihr beleidigtes Ge-sicht weg. Er bereute die alberne Reaktion.

Am Abend traf er endlich die Bekannte aus dem Schallplattenladen, verkündete ihr stolz:

„Ich wohne seit gestern in der Spukwohnung."

Sie hatte es eilig, reagierte nur mit einem kurzen „Schön", lief dann schnell weiter.

Paul blieb enttäuscht zurück. Sie hätte zumindest mehr Anteilnahme zeigen können.

Am nächsten Tag traf er vormittags erneut jene Frau mit der kräftigen Katze und am Abend die Bekannte aus dem Schallplattenladen. Wieder schien sie es eilig zu haben.

Trotzdem versuchte er das Gespräch von gestern fortzusetzen:

„Zweimal begegnete ich einer Bewohnerin dieses Hauses, die führte ihre komisch dicke Katze an roter Leine spazieren."

„Das Tier heißt Margarethe", erklärte die junge Frau trocken.

Paul war überrascht,

„Wie der Name von Gounods Oper. Sie hatten doch den Querschnitt gekauft."

Sie blieb die Antwort schuldig, wünschte ihm einen „Guten Abend" und ging weiter.

Paul blieb erschrocken und etwas enttäuscht zurück. Woher kam ihre Reserviertheit?

Und warum heißt die Katze ausgerechnet Margarethe?

In der Nacht wurde er von einem Kratzen an seiner Tür munter. Es klang, als schärfe wirklich ein großes Tier seine Krallen daran.

Jetzt fange ich schon an, von dieser Katze zu träumen, dachte Paul.

War da nicht ein leises Fauchen zu hören?

Vorsichtig schlich er zur Tür, schaltete das Licht an und öffnete ruckartig.

Ihm sprang nur die nächtliche Stille entgegen, keine Spukgestalt. War es vielleicht doch nur ein aufregender Traum gewesen?

Paul legte sich wieder hin und schlief zum Glück schnell ein.

Am nächsten Morgen begegnete er in Parterre erneut der kräftigen Frau mit ihrer auffälligen Katze an der roten Leine. Sie trat gerade aus ihrer Wohnung. Dem übergewichtigen Tier, fiel das Laufen sichtlich schwer, musste bereits, nach wenigen Schritten ausruhen.

Paul vergaß die gute Absicht, konnte sein seitliches Lachen nicht zurückhalten, bereute dies aber sofort. Doch es half nichts, der Frau sah man die Kränkung deutlich an.

Um alles gutzumachen, suchte er schnell das Gespräch.

„Ich habe gehört, die Katze heißt Margarete. Das ist ein musischer Name."

Ihre Reaktion beschränkte sich auf ein grußloses Weitergehen.

Vielleicht sollte er Blumen kaufen und sich für seinen Spott entschuldigen?

Das tat er auch. Klingelte wenig später an ihrer Wohnungstür in Parterre.

Sie öffnete nicht. So stellte er die Blumen, dazu eine Karte, neben die Tür.

„Ein Gruß, ihr neuer Nachbar Paul Holböck".

Damit hatte er wieder ein ruhiges Gewissen. Seine Vorgabe für die nächsten Tage hieß: Mehr Selbstbeherrschung üben.

Am Abend traf Paul seine Schallplattenbekanntschaft. Diesmal hatte sie Zeit, hörte zu. Daher erzählte er ihr alles. Die Frau schmunzelte kurz, kommentierte die Geschichte jedoch nicht.

Ein längeres Gespräch war auch diesmal nicht möglich. Wich sie ihm absichtlich aus? Warum dann die Wohnungsempfehlung?

In der darauffolgenden Nacht hörte er ein noch lauteres Kratzen an seiner Tür. Auch das Fauchen klang kräftiger.

Da ist es wieder, das große Tier, der böse Traum!

Wenn ich mich jetzt nicht dagegen wehre, wird dieser Spuk gleich die Tür durchbrechen und mich auffressen.

Er traf seine Entscheidung, holte aus der Küche das schärfste Messer und, aus Ermangelung an Möglichkeiten, einen Besenstiel. Zählte dann drei, zwei, eins, öffnete mit einem Ruck die Wohnungstür …

Um einem Angriff zuvorzukommen schlug er mit dem Stiel reflexartig in die Dunkelheit. Da war aber wieder nichts. Wo lauerte der Spuk, hinterhältig die Krallen schärfend?

Paul atmete tief durch, in der Hoffnung, Klarheit über seine Situation zu erhalten. Ein Traum war es nicht.

Er lief im Raum hin und her, lauerte, bereit, sofort anzugreifen. Doch es bleib still.

Wieder hinlegen und weiterschlafen ging gerade nicht, zu aufgeregt klopfte sein Herz. Und die Grübelei hämmerte in seinem Kopf!

Er zählte Geräusche. Das waren wenige Unauffällige. Irgendwann kam doch der Schlaf.

Paul träumte von der dicken grauen Katze. Sie hatte sich in einem Wollknäuel verheddert und kam nicht wieder heraus. Wie dumm und tollpatschig sie sich dabei anstellte.

Ihr ‚Frauchen' wollte helfen, befreite sie aus der Gewalt der Schnüre, stellte zum Trost dem Liebling eine riesige Schale Futter hin, füllte diese, sobald sie geleert war, wieder auf. Das liebe Tier fraß ganze Berge an Tierfutter.

Die nächste Begegnung folgte gleich am nächsten Tag.

Katze und Frau kamen zur Haustür herein. Die Katze stolperte schwerfällig über den ersten Abtreter. Ihr ‚Frauchen' grüßte auch diesmal nicht. Zu den Blumen fiel kein Wort.

Als beide weiterlaufen wollten, stolperte die Katze erneut, diesmal über einen Stapel Werbezeitungen vom Tierfuttermarkt.

Das war nun wirklich zu komisch. Paul hatte seinen guten Vorsatz vergessen, lachte zumindest mittelmäßig laut.

Katze und ‚Frauchen' mussten alles mitbekommen haben.

Paul ärgerte seine Unbeherrschtheit. Zu spät. Diesmal drehte sich die Frau nicht weg, sondern sprach ihn an.

„Sie sind ein böser Mensch, spotten über Tiere."

„Ich habe das nicht gewollt", stotterte er, „ich habe das auch gestern und vorgestern nicht gewollt. Deshalb der Zettel und die Blumen vor Ihrer Tür."

Doch ihre Augen leuchteten untröstlich.

„Sie werden schon sehen, was das bringt."

Dieser Satz zeigte Wirkung! Ihm wurde klar, sein Verhalten erhält keine Absolution.

Paul musste an die letzten beiden Nächte denken. Wird das Tier in der nächsten Nacht springen und ihn vielleicht töten?

Er stand immer noch unschlüssig im Hausflur herum, auch als die beiden schon längst hinter ihrer Wohnungstür verschwunden waren.

Da betrat plötzlich seine Schallplattenbekannte mit jugendlichem Schwung den Flur. Welcher Zufall, dass sie gerade jetzt erschien. Er musste wirklich wie Don Quichote, nach dem vergeblichen Kampf gegen die Windmühlen aussehen: Ein Ritter von der traurigen Gestalt.

Sie grüßte diesmal zuerst:

„Na, was steht der neue Hausbewohner so unschlüssig herum? Etwas verloren?"

Paul murmelte: „Eine ganz komische Sache. Ich hatte ja bereits davon erzählt. Und sie passiert mir seltsamerweise immer wieder. Eben traf ich, wie jeden Morgen, die Frau, deren Katze Margarete heißt. Ich musste beim Anblick der beiden wieder lachen. Die Frau war grundtief beleidigt, hat mich förmlich verwünscht."

Seine Bekannte reagierte unbeeindruckt:

„Dann wird es auch passieren."

Paul fragte irritiert nach: „Was soll passieren?"

Die junge Frau überlegte kurz, machte plötzlich einen überraschenden Vorschlag:

„Schlafen Sie die nächste Nacht bei mir."

Er ging irritiert einen Schritt zurück und registrierte im Kopf so etwas wie Schwindel.

„Das ist nett, aber ich habe keine Angst."

Ihr Angebot war natürlich verlockend. Damit wäre die momentan größte mögliche Form von Nähe erreicht.

Sie schien sich, über seine Unentschlossenheit, zu amüsieren: „Na gut, die Einladung steht. Wenn ja, kommen sie einfach hoch und klingeln bei Zuber. Ich heiße Birgit Zuber."

Jetzt kennt er endlich ihren Namen!

Natürlich heißt sie nicht Margarethe.

Ahnte Birgit etwas von der nächtlichen Bedrohung?

Der Tag ging dahin und Pauls Bedenken gegenüber ihrem Angebot blieben bestehen.

Erst gegen Abend gab er sich einen Ruck und lief schnell hinauf in die zweite Etage, um bei „Zuber" zu klingeln.

„Schön, dass Sie kommen", begrüßte Birgit ihn mit sanftem Lächeln. „Wir sagen jetzt mal du, wenn du schon bei mir schläfst", schlug sie als erstes vor, hatte in der Zwischenzeit zwei Gläser mit Rotwein gefüllt.

„Na dann auf Birgit und Paul."

Er spürte sein inneres Beben. Das ist wie Musik von Alexander Skrjabin „´Le Poeme l´Ekstase".

Paul Holböck hätte sie fast geküsst. Birgit schloss kurz die Augen, zog ihr Gesicht wieder zurück und fragte: „Hast du schon etwas gegessen?"

Er lächelt etwas verunsichert über diese Frage:

„Genug. Ich komme nicht ausgehungert zu dir."

Sie meinte amüsiert:

„Ich schon."

Seine Gedanken sprangen hin und her. Gegen diese Sprünge half Rotwein. „Prost!"

Salzstangen und eine, mit Weintrauben garnierte Käseplatte standen auf den Tisch.

Irgendwie muss er jetzt das Gespräch am Laufen halten.

„Birgit, warum hast du Angst um mich?"

„Vielleicht, weil du die letzten Nächte so unruhige Träume hattest."

„Wie meinst du das?"

Sie lächelte: „Ich bin eben besorgt um dich."

Darauf hatte Paul keine Antwort, wechselte das Thema:

„Du warst immer zur gleichen Zeit wie ich im Plattenladen."

„Und du hast mir Platten empfohlen."

„Du wolltest aber nur den Opernquerschnitt von Gounods „Margarethe"

„Den wollte ich."

„So heißt jene dicke Katze."

„Ja, ich weiß."

Paul kam nicht weiter. Er nahm einen neuen Schluck Rotwein, sah sie nachdenklich an:

„Du hast mir schon immer gefallen."

In ihren Augen blitzte der Schelm: „Dich fand ich auch interessant. Wer kennt sich schon bei den musikalischen Ladenhütern aus?"

Bevor ich zum Ladenhüter werde, bekommt Birgit einen Kuss, dachte Paul entschlossen. Und tatsächlich: Er küsste sie.

Nach dem Kuss spielte Birgit wieder die Geheimnisvolle:

„Diese Nacht wird entscheidend."

„Ich ahne es", flüsterte Paul und wollte sich erneut ihrem Mund nähern. Doch sie ging diesmal auf Abstand.

Er erzählte aus seinem Leben. Sie hörte zu. Dann beschlossen beide, sich schlafen zu legen. Natürlich getrennt.

„Natürlich", akzeptierte er etwas enttäuscht.

„Wir sind altmodisch", lächelte sie.

Paul auf der Couch liegend, konnte nicht einschlafen. Lange nicht. Wahrscheinlich war es bereits Mitternacht. Da hörte er wieder das intensive Kratzgeräusch an der Tür. Aus dem Fauchen wurde ein lautes, schon bedrohliches Knurren. Paul spürte Angst vor dem Unheimlichen.

Das Tier hatte ihn auch in Birgits Wohnung gefunden. Es setzte sich hin, suchte nach geeigneter Bewaffnung.

Birgit schlief in ihrer kleinen Schlafstube. Wahrscheinlich bekam sie von alledem nichts mit. Vermutlich hörte sie das Tier nicht einmal. Ein großes Tier musste es sein – vielleicht ein Panther.

Das Kratzen klang, als schleife jemand seine Messer. Ein Messer hatte Paul neben sich liegen, spürt die Dringlichkeit einer Bewaffnung. Es wird nicht mehr lange dauern und das Tier setzt zum Sprung an. Es wird kommen und ihn töten.

Da gab es einen lauten Schlag, es krachte fürchterlich. Die Wohnungstür!

Er zitterte am ganzen Körper. Das Tier greift an. Jetzt brüllte das Tier noch einmal, ein zweiter Schlag folgte.

Paul, welcher, von der Couch gesprungen, hastig Licht machte, sah eine riesige graue Katze. Eine Riesenkatze, mit großem Kopf und tödlich funkelnden Augen, welche sich das Maul angriffslustig leckte. Dieses Maul verlangte nach Blut. Das Tier, kurz innehaltend, brüllte wieder, zeigte seine Zähne.

Paul, schweißgebadet, hielt sein Messer in der zitternden Hand. Es ging um Leben und Tod.

Ihm wurde schwindelig von der Anspannung, glaubte das Bewusstsein zu verlieren. Seine Augen konnten nicht mehr zwischen zischenden Zähnen und scharfen Krallen unterscheiden. Jetzt setzt der Spuk zum Sprung an. Paul kamen die Tränen. Er wollte nicht sterben.

Doch was passierte innerhalb weniger Sekunden? Die riesige Katze bäumte sich, von irgendetwas getroffen, auf, brüllte, miaute schmerzhaft. Ihre Krallen verhakten sich auf dem Teppich. Sie brüllte ein zweites Mal. Springt sie nun?

Doch ihr riesiger Körper sank tödlich getroffen zurück auf den Teppich. Sie war blitzschnell von einer schwarzen Scheibe getroffen.

Was weiter zu sehen war, verstand er nicht. Das Tier zerfiel in zwei Hälften, die aus unerklärlichen Gründen kleiner wurden und schließlich sogar verschwanden. Zurück blieb eine Blutlache.

Jetzt erst bekam Paul mit, dass Birgit im Raum stand. Ungläubig fragte er, „Was hast du getan?"

Birgit blieb gelassen,

„Ich habe auf das Tier mit einer Schallplatte gezielt. Und getroffen. Es war Margarete von Gounod."

Paul verstand jetzt nicht. „Wie, was, Gounod?"

Birgit holte einen Eimer mit Wasser, Reinigungsmittel, zog Gummihandschuhe über und begann die

Blutlache auf dem Teppich aufzuwischen. Dabei wiederholte sie trocken:

„Du hast richtig gehört. Ich habe mit „Margarete" von Gounod geworfen", ergänzte, „mit dem Querschnitt eben".

Paul saß bestürzt auf seiner Schlafcouch. Er konnte gerade nichts mehr sagen. Ihm war schlecht.

Nachdem der Teppich gereinigt, die Wohnungstür provisorisch gerichtete, meinte Birgit:

„Jetzt könntest du, natürlich nur aus Sicherheitsgründen, bei mir schlafen?"

Paul Holböck war mit diesem Vorschlag sofort einverstanden. Sicherheit brauchte er im Rest der Nacht. Und Nähe: Wegen dem Grummeln im Magen.

Alles wurde still um ihn. Die Stille wuchs in den Tag hinein, bis zum Mittag.

Birgit war sehr schweigsam. Paul dachte an die gleichnamige Oper von Richard Srauss. Dann küsste er die schweigsame Frau, fragte:

„Du hattest den Querschnitt von Margarethe nur gekauft, um mir das Leben zu retten?"

Birgit lächelte geheimnisvoll.

Das war der Moment für sein Bekenntnis:

„Ich liebe dich Margarethe – eh, Birgit.

Sie küsste ihn, zog seinen Körper an sich, meinte:

„Von dir will ich nicht nur einen Querschnitt, sondern alles."

Und so nahm die Liebe ihren Lauf.

Noch einmal entschied ich mich für Apfelkompott. Es war sicher in seiner Häufigkeit Spitzenreiter.

144

Die Äpfel besaßen diesmal eine Rauchnote – sehr lecker!

Am Morgen saß ich in der Wohnstube und wollte etwas davon essen. Was könnte wohl diesmal passieren? Es passierte nichts – kein ungewöhnliches Ereignis kündigte sich an.

Also genoss ich das neue Kompott und wartete auf eine Geschichte. Die stellte sich diesmal nicht ein. Erst als ich, immer noch im Schlafanzug, den Raum verlassen wollte, kam etwas in Bewegung. Ich stellte fest, dass die Wohnzimmertür von außen abgeschlossen war. Das hieß, es gibt kein Entrinnen. Meine Frau würde erst am Nachmittag wieder von der Arbeit nach Hause kommen.

Wie konnte das geschehen? Ich saß gefangen in der Wohnstube und aß, in meinem Ärger, das gesamte Kompott auf.

Im Bauch rumorte es. Braute sich dort doch so etwas wie eine Geschichte zusammen? Ich hatte recht und genügend Zeit zum Aufschreiben.

Als meine Frau mich am Nachmittag befreite und ich ihr im Schlafanzug entgegenkam, sorgte dieser Umstand für viel Spaß.

Im Zigarrenladen

An dunklen Novemberabenden ist es für Johann Holler eine Freude, Erinnerungsstücke aus Bildscherben und Wortsplittern in seinem Gedächtnis wieder passend zusammenzusetzen. Wie war das doch gleich? Er grübelt und probiert, nimmt Maß, verwirft, entdeckt Erinnerungen wieder neu.

Einen Namen vergisst er nicht: Limbrecht. Freunde seiner Großeltern, alte Rudolstädter, erzählten von diesem, in der Nachkriegszeit, recht auffälligen Mann. Mit einem Schmunzeln im Gesicht beschrieben sie seine, skurrile, altmodische Kleidung. Dazu gehörte ein grünes Jackett mit braunen Hirschhornknöpfen."

Limbrecht muss wohl in jungen Jahren Kammerdiener gewesen sein. Außerdem hatte er Zigarren geraucht. Und die kaufte Limbrecht nur in einem bestimmten Geschäft, welches es längst nicht mehr gibt.

Johann Holler weiß aber, wo es sich befand und will dem ehemaligen Laden einen Besuch abstatten, um an Ort und Stelle diesem Limbrecht zu gedenken. Jene Geschichte aus dem Einweckglas behauptet, dieser Limbrecht repräsentierte, in den fünfziger Jahren des zwanzigsten Jahrhunderts, immer noch die Welt des längst abgedankten Rudolstädter Fürstenhofes.

Johann Holler macht sich auf den Weg – keine Viertelstunde und das Ziel ist erreicht. An der Außenwand können geübte Augen letzte Reste von Werbung erkennen. Drei verschnörkelte Wörter haben überlebt: „Beste Haller Zigarren".

Die alte Eingangstür ist noch erhalten. Vielleicht existiert der Ladenraum auch. Johann Holler, Neugierde im Kopf, die Taschenlampe in der Hand, will es wissen.

Was ist das für ein aufregender Moment, als er die eiserne Türklinke ausprobiert. Sie gibt nach. Die Ladentür lässt sich tatsächlich öffnen. Eiskalt läuft es Johann Holler den Rücken herunter. Schnell schaut er nach links, als auch rechts, um auszuschließen, dass ihn jemand beobachtet. Dann nimmt er allen Mut zusammen, öffnet soweit, dass er hindurchpasst. Johann Holler betritt den alten Zigarrenladen, schaut sich vorsichtig um.

In diesem Moment fällt die Tür hinter ihm, mit einem langgezogenen Seufzer plötzlich zu.

Er erschrickt kurz, schenkt der Situation aber keine weitere Bedeutung.

Die Tragweite des Augenblicks ist nicht zu fassen: Er steht wirklich, in dem alten Zigarrenladen Haller.

Mit seiner Taschenlampe sucht er nach Orientierung. Das ist also der Ort, an dem einst Kammerdiener Limbrecht seine Zigarren kaufte.

Johann muss jetzt an den philosophischen Satz denken: „Nichts verschwindet. Alles ist Verwandlung."

Wieso hat dieser Raum so unverändert überlebt?

Die Einrichtung ist verschwunden, aber er erkennt an den Wänden Umrisse der alten Regale. Und dann dieser schwarz-weiß gefliese Fußboden.

Der Lichtstrahl seiner Taschenlampe fällt plötzlich auf ein Bild oder Plakat, leuchtet dessen Text ab:

„Zigarren in gut gelagerten Qualitäten bis zu 25 Stück zu besten Preisen, sowie feine Türkische, Ungarische und Amerikanische Tabacke in Paqueten offeriert Ihre Tabakhandlung"

Um ihn herum herrscht die Stille einer anderen Zeit. Oder hat da jemand gehustet? Ein originaler Raucherhusten aus dem vorigen Jahrhundert?

Johann Holler hat nun wirklich alle Wände abgeleuchtet, sämtliche Tapetenmuster begutachtet, kein altes Mobiliar gefunden.

Er stellt sich den geschäftstüchtigen Herrn Haller mit Schnauzbart und hochgeschlossenen weißen Kragen vor:

„Herr Limbrecht, wie immer, oder etwas Neues, aus meinem reichhaltigen, bestens sortierten Lager ausprobieren? Sie wissen, ich besitze gute Kontakte nach Bremen."

In mir hat er den falschen Kunden erwischt, denkt Johann Holler, ich bin Nichtraucher. Schon verschwindet die ganze Vorstellung wieder. Genug geforscht!

Er will gerade den Raum verlassen, da entdeckt der Lichtstrahl seiner Taschenlampe eine Tür im Fußboden. Vorsichtig leuchtet Johann Holler diese ab und überlegt: Ich könnte versuchen, sie zu öffnen.

Seine Neugier ist wiedererwacht.

Die Tür knarrt mürrisch, als wolle sie nicht gestört werden.

Die nächste Welle der Aufregung rollt heran.

Johann Holler entdeckt einen weiteren Raum, leuchtet hinein, sieht eine Leiter zum Hinabsteigen.

Das wäre natürlich ein Abenteuer. Der Mann überlegt nicht lange: Er ist einmal hier und das Schicksal öffnet diese weitere Tür. Vielleicht lassen sich da unten Reste des „gut sortierten Tabaklagers" finden?

Wieviel Mut mussten einst Forscher aufbringen, beim Betreten alter ägyptischer Grabkammern? Da ist doch dieser Kellerraum lächerlich.

Johann Holler klettert also die Leiter hinunter, nicht ohne vorher deren Standfestigkeit genau zu prüfen. Alles gut. Schnell hat er wieder festen Boden unter den Füßen.

Als Erstes werden sämtliche Wände dieses versteckten Ortes abgeleuchtet, doch auch hier lässt sich nichts Aufregendes entdecken. Auffällig ist, dass der Raum ebenfalls tapeziert ist. Welche Funktion kam ihm, in den guten Hallerschen Zigarrenjahren zu?

Eigentlich wollte er gerade wieder nach oben klettern, da sind Schritte von dort zu hören und er sieht, wie Jemand die Fußbodentür schließt.

Der Mann ist über die Tatsache erschrocken, dass ihm doch jemand gefolgt war. Sie löst sofort panische Angst aus. Er fängt an zu schwitzen, spürt das Herzrasen. Der Fremde kann ihn hier verhungern lassen. Vielleicht ist dies eine hinterhältige Falle?

Sofort versucht er die Leiter hinauf zu klettern. Doch seltsam, deren Sprossen geben seinem Körpergewicht nach. Eben noch hatten sie sich als stabil erwiesen., zerfällt ihr Holz unter seinen Tritten kraftlos und morsch.

Es sieht alles nach einem Hinterhalt aus, die Leiter bricht in sich zusammen. Johann Holler ist gefangen. Sein Handy, um Hilfe zu rufen, hat er vergessen. Nur so, mit der ängstlichen Stimme rufen, hilft wahrscheinlich nichts. Trotzdem ist es ein Versuch wert:

„Hallo! Hallo, Sie haben mich hier eingesperrt! Hallo!"
Wie erwartet, gibt es keine Antwort.

Bis hierher hat mich meine Neugier gebracht, nun muss ich sterben, sind in diesem Moment seine Gedanken. Die Verzweiflung gerät aus den Fugen.

„Hiiilfe!"

Nervös leuchtet er die Wände nach Möglichkeiten des Kletterns ab. Doch da finden sich keine: Nur Tapete, mit verblichenen gelblichen Mustern.

Kraftlos sackt der scheinbar Gefangene in sich zusammen, bleibt von Angst geschüttelt, am Boden sitzen. Das war es wohl dann? Wer soll ihn hier finden, in einem Raum ohne Fenster.

Plötzlich riecht es nach Zigarre? Hier raucht doch wer?

Sofort fängt er erneut an zu rufen: „Hallo!"

Doch statt der erwarteten Antwort wird der Zigarrenqualm stärker erreicht schon die Grenze der Zumutbarkeit.

Johann Holler schreit immer wieder, mit letzter Kraft sein „Hiiilfe!"

Der Qualm wird kräftiger, nimmt ihm mehr und mehr die Luft. Das Ganze, gut sortierte Lager, alle türkischen, ungarischen, als auch amerikanischen Tabake müssen sich entzündet haben.

Unerträglich. Tödlich! Johann Hofer verliert das Bewusstsein.

Irgendwann wieder aufgewacht oder doch bereits tot, dringen erneut Schritte an sein müdes Ohr. Eindeutig nähern sich diese der Fußbodentür, die dann, nach längerem Zögern, mit einem knarzenden Ton geöffnet wird.

Eine vorsichtige, Schellackplattenknisterstimme ist zu hören:

„Hallo, ihre Durchlaucht, ich bin es Limbrecht. Ihr Kammerdiener Limbrecht! Durchlaucht haben geschlafen."

Johann Holler steht auf, sieht Licht von oben, hört die Stimme. Da muss doch ein Mensch sein!

Es geht, noch ist kraft vorhanden, für einen verzweifelten Ruf: " Helfen Sie mir!"

Der Zigarrenqualm hat sich, während er geschlafen hatte, wieder verzogen.

Die Schellackplattenstimme von oben antwortet: „Durchlaucht, ich bin es Limbrecht, ihr Kammerdiener. Jetzt lasse ich eine Leiter herunter und sie kommen einfach herauf. Langsam, dass nichts passiert."

Der Unsichtbare lässt wirklich eine Leiter in den Raum herunter, nach welcher Johann sofort greift. Er prüft die Festigkeit des Holzes, welches diesmal tragfähig scheint. Klammert sich daran fest und steigt Stufe für Stufe heraus aus der Gefangenschaft.

Johann schafft es bis zur Fußbodenklappe, zieht sich mit aller Kraft daran hoch und verlässt endgültig den Kellerraum.

Seine Taschenlampe sucht den Befreier. Aber da ist niemand.

„Hallo, ich würde ihnen gern Danke sagen."

Doch es ist keine weitere menschliche Gestalt im dunklen Raum zu sehen.

Johann Holler ist sich in diesem Moment sicher, dass hier der Geist des alten Kammerdieners Limbrecht geholfen hat. Ein wirkliches Wunder!

Er schließt schnell die Fußbodentür, leuchtet noch einmal alle Wände ab, entscheidet dann rasch, diesen Ort zu verlassen. Die Tür nach Draußen lässt sich öffnen und Johann Holler steht wieder in der Gegenwart auf der Straße, dort wo alles begonnen hatte

Es ist bereits kurz nach Mitternacht, als er sich, im Kopf völlig durcheinander, auf den Heimweg macht. Immer wieder murmelt der Mann vor sich her: „Ich habe die Stimme von Limbrecht gehört."
Am nächsten Tag läuft er noch einmal zu jenem roten Backsteinhaus, an dessen Außenwand eine geschwungene Schrift für „Beste Haller Zigarren" wirbt. Doch diesmal bleibt die Tür verschlossen.

Das nächste Glas zu öffnen, glich mehr einer notwendigen Pflichterfüllung, denn es handelte sich erneut um Apfelmus, was seit jeher nicht mein Lieblingskompott war. Da wirkten Übertreibungen aus der Kindheit nach.
Interessant fand ich, den herben, aber auch leicht raurigen Geschmack. Nur kamen diesmal auch Luftprobleme dazu. Ich ging ans offene Fenster und atmete tief durch. Da spürte ich ein leichtes Grabbeln im ganzen Körper. Das konzentrierte sich schließlich auf meinen Kopf und die folgende Geschichte.

Die Sage vom Rudolstädter Schallhaus

Arno Hähnlein trifft immer den rechten Nagel. Er kann Verlorenes wiederfinden, Hoffnungsloses glattschleifen, Grobes absägen und Schiefes geradebiegen. Seine besondere Begabung liegt aber im Lüften großer und kleiner Räume. Gerade alte, verschlossene Zimmer sammeln gern viel Mief, der von Zeit zu Zeit durch alle vorhandenen Fenster hinausbefördert werden muss. Da ist Arno in seinem Element. Deshalb ist er auch von der „Thüringer Stiftung Schlösser und Gärten" zum Landesbeauftragten für Raumlüftung denkmalgeschützter Objekte berufen worden.

Und Arno Hähnlein scheut keine Überstunden. Oft kommt er, völlig überlüftet, erst spät am Abend nach Hause.

Eines Tages wendet sich der Freundeskreis „Rudolstädter Schallhaus" an ihn: „Unser barockes Pflegekind müsste einmal ausführlich gelüftet werden."

Dieser steinerne Kloß ist vor dreihundert Jahren aus irgendeiner Architektenschüssel herausgefallen und mitten im Schlossgarten liegengeblieben.

„Nicht schlecht", stellt Arno Hähnlein fest, „ein hübscher Raum zum Musizieren. Dazu noch ausgestattet mit vielen Fenstern. Leider sind sie alle seit Jahren verschlossen und verriegelt. Das nimmt dem Mauerwerk und sensiblen Nase gleich die Luft. Uralter, dicker Mief ist so konserviert!"

Die Fenster lassen sich nicht in jedem Fall leicht öffnen, leisten Widerstand, knurren mürrisch oder quietschen verärgert. Hilft nichts! Wo Arno ans Werk geht, da bleibt kein Fenster geschlossen.

Irgendwann ist es doch geschafft! Er reibt sich zufrieden die Hände, atmet tief durch und genießt den Augenblick: Wunderbar diese Fülle an Frischluft! Hier lässt sich wieder die schwerste Klassik federleicht spielen. Gute Luft versetzt Berge, zumindest Schlösser. Da kommen Noten berühmter Kammermusik von allein ins Schallhaus geflattert, setzen sich auf bereitstehende Notenpulte und wollen gespielt werden.

Tatsächlich verändert sich plötzlich der Raum. Anfangs hat Arno den vielen, über die Wände huschenden Schriftzeichen keine Beachtung geschenkt. Doch ihre Vermehrung ist erstaunlich. Neues drängelt in den Vordergrund, überlagert Altes. Es geht drunter und drüber. Sind das doch Noten?

Arno Hähnlein kann nur sprachlos zuschauen. Der Gedanke mit den Noten war ein Spaß. Aber es sind Keine! Mit geschärftem Blick sieht er was wirklich passiert: Eine Invasion von Buchstaben besetzt die Wände des Raumes.

Das Ereignis widerspricht seiner praktischen Vernunft. Stress für jeden solide denkenden Landeslüftungsbeauftragten! Was tun?

Er entscheidet sich für etwas Unspektakuläres: Die Fenster müssen einfach wieder geschlossen werden. Und sie lassen es sich diesmal ohne Knurren, Brummen und Quietschen gefallen.

Er muss sofort den Förderkreis von dieser Erscheinung in Kenntnis setzen.

„Herr Radon, Ihr Schallhaus befindet sich in der Schieflage. Am besten Sie kommen selbst einmal her." Dieser, soeben die Absage von Fördermitteln in der Hand, im Kopf schlechte Laune, ist schnell vor Ort. Unter dem Arm trägt er sein Notebook.

„Was ist denn los, Hähnlein?"

„Passen Sie auf!"

Arno Hähnlein öffnet erneut, langsam, immer wieder abwartend, ein Fenster nach dem anderen.

Kaum ist das letzte Fenster geöffnet, beginnt jenes gespenstische Spiel erneut: Die Rückkehr der Buchstaben! Dicke, dünne, große, kleine schwarze Schriftzeichen flattern in den Raum wie ein Schwarm neugieriger Krähen, suchen schnell ihren Platz an den Wänden. Neue Schatten kommen nach, überlagern andere. Alles ist in Bewegung.

Der Thüringer Lüftungsbeauftragte hält die Luft an.

Woher kommt dieser unkontrollierbare Zustrom wildgewordener Schatten?

Herr Radon, ein kluger, erfahrener Mann setzt sein Notebook in Gang, erklärt dazu:

„Ich versuche zwischen scheinbar zusammenhanglosen Buchstaben einen Zusammenhang herzustellen."

Es dauert und fordert Geduld. Aber an musischen Orten ist das mit der Geduld ein Kinderspiel.

„Da haben wir zum Beispiel den Namen Friederike Redlich." Er tippt den Namen ein und erhält eine prompte Überraschung.

„Ja was ist denn das? Sieht aus wie die Sammlung letzter SMS dieser Friederike.

„Hallo du, geht's noch?"

„Es geht."

„Wann geht's?"

„Wenn es eben geht!"

„Dann geh du zuerst!"

„Geh du doch zuerst."

Für Arno Hähnlein sind das keine erstrangigen literarischen Ergüsse. Er winkt gelangweilt ab. Nur Herr Radon bedenkt das Ganze. Irgendein Sinn muss diese Erscheinung der Schattenflut haben. Er versucht es mit anderen Namen. Immer wieder erscheinen kurze Inhalte, die bei Arno unverständliches Kopfschütteln auslösen.

Herr Radon ist sich sicher: „Das sind alles, digitale Botschaften, sogenannte SMS. Ich gebe einen Namen ein und erhalte sämtliche von diversen Smartphones bisher abgeschickte SMS dieser Person."

Das Notebook zittert vor Begeisterung in seiner Hand. Es steht fest: „Hier im Schallhaus werden alle verschickten SMS dieser Welt gespeichert und archiviert. Sie können Namen von Politikern eingeben, Schauspielern, auch Aufsichtsräten, Börsenspekulanten, Internethackern: Hier gibt es keine Tabus."

Herr Radon fällt stimmungsmäßig in ein unkalkulierbares Hoch. Doch es bleibt die nüchterne Meinung von Arno Hähnlein im durchgelüfteten Raum:

„Ich verstehe die Welt nicht mehr. Und ganz praktisch bedacht: Das bedeutet Gefahr. Wir lesen hier von jedem alles. Welcher Politiker möchte das? Sogar unser Bürgermeister würde sich fürchten und mit Baufachleuten den sofortigen Abriss des altehrwürdigen Schallhauses planen. Am besten wäre es noch über Nacht das Gebäude zu sprengen, Fördermittel fließen ja längst nicht mehr."

Herr Radon beugt sich vertrauensvoll zu Arno Hähnlein: „Behalten wir das Geheimnis für uns. Die Welt ist noch nicht reif für so ein Wunder."

Arno nickt die Aussage schnell ab: „Jetzt ans Werk, Hähnlein! Mindestens zwei Fenster dürfen nicht geöffnet werden. Bitte verriegeln für immer und ewig."

„Mach ich", beeilt sich Arno. „Dieses Computer- und Handyzeug mag ich sowieso nicht!"

So kommt es, dass nur der Vorsitzende des Freundeskreises, Herr Radon, und der Lüftungsbeauftragte des Freistaates Thüringen, Arno Hähnlein, vom digitalen Speichermedium Schallhaus wissen.

Moment, das ist nicht ganz korrekt, denn mir wurde alles durch diese Geschichte, weitergesagt.

Somit bin ich der Dritte. Und Sie, nach Lektüre dieser Sage, der oder die Vierte. Und wenn Sie vorher nicht gestorben sind, bitte weitererzählen.

Wieder entschied ich mich für Birnen. Als das Glas geöffnet war, stieg mir der sehr intensive Geruch von Zimt in die Nase und provozierte augenblicklich einen Reizhusten. Geschmacklich war die Würzung aber gut abgestimmt.

Kaum befanden sich die Birnen im Schälchen, da schreckte ich von einem lauten Knall zusammen. Eines unserer Fenster war zugeflogen. Draußen braute sich ein Unwetter zusammen. Der dazugehörige Wind pfiff und tobte. Die Welt schien durcheinandergewirbelt.

Wir kümmerten uns nicht um die Wetterkapriolen, aßen neugierig das nächste Kompott.

Doch sobald wir die Birnen gegessen hatten, beruhigte sich alles wieder.

Wir genossen die zurückgekehrte Ruhe, hofften aber auf eine neue energiegeladene Geschichte.

Die folgte, war diesmal allerdings recht kurz

Der Energieschub

Als er Hermas weißen, schlanken Hals küsst, spürt Gerd Energie fließen. Weich legen sich seine Hände um ihren Bauch. „Ich muss gehen", sagt sie leise, aber bestimmt. „Noch nicht", flüstert er dagegen.

Nicht nur seine Hände, auch die Stimme klammert. „Jetzt ist genug", bestimmt Herma endgültig. Er wehrt sich. Hilft nichts, sie schiebt den ganzen Gerd beiseite, seine Hände, die Wangen, den Mund und den Nacken.

Sie entfernt sich langsam, ohne nicht doch noch einen flüchtigen, sehr spielerischen Blick zurückzuschicken. Er fängt ihn, schließt versöhnt die Augen.

Herma geht.

Gerd lässt seinen entspannten Körper auf die Couch fallen, seufzt: "Ach ja."

So fühlt sich glückliche Einsamkeit an. Morgen wird sie wiederkommen, auch übermorgen, immer.

Seit sie sich auf dem Ball der Energiewirtschaft Rudolstadt kennengelernt hatten, war alles anders geworden in seinem Leben.

Gerds Fantasie spielt weiter mit rosa Bildern.

Er greift sich das Glas Wein, trinkt den letzten Schluck, welcher diesmal auffällig herb schmeckt.

Viele Jahre gönnte er sich keine Partnerschaft. Für einen leitenden Angestellten der Energiewirtschaft gab es immer zu tun, wenn nicht aktiv, dann doch in Bereitschaft. Seine Kraft und Zeit steckte er in den Ausbau von umweltfreundlicher Energie.

Mit den Händen umschließt er reflexartig schützend die Nase.

In dieser Stille fällt ihm die gelb gestrichene Wand des Raumes auf, als fände sich dort eine Erklärung. Und dann sieht er das Unwahrscheinliche! Aus der Oberfläche der Wand treten drei, gleichmäßig vertikal verlaufende Wellen hervor. Das Mauerwerk überwindet seine Statik, wölbt sich nach außen. Er kann es mit eigenen Augen sehen. Hier setzt Energie Naturgesetze außer Kraft, bahnt einen Weg, erzeugt mehrere Druckwellen.

Liegt es am Wein? Gerd nimmt noch einen Schluck, versucht die scheinbare Täuschung runterzuspülen. Doch schon gibt es eine Wiederholung. Die Wand bewegt sich erneut. Wieder sind es drei gleich große, nach unten verlaufenden Wellen.

Gerd, misstrauisch das Weinglas in seinen Händen drehend, sieht dem Ereignis sprachlos zu. Damit nicht genug! Ein drittes Mal bebt die Wand, genau drei Wellen lösen die Festigkeit des Mauerwerks auf.

Gerd kann nichts mehr sagen, stellt das Weinglas auf den Tisch und gibt die gute Körperhaltung zugunsten einer kraftlosen Lässigkeit auf.

Die gelbe Wand vor Augen, rührt er sich nicht von der Stelle. Vielleicht ist diese Druckwelle ein unheilverkündendes Menetekel?

Warum gerade jetzt, wo er so verliebt ist?

Seine zittrige Hand sucht den Weg zur kühlen Stirn: Der Raum scheint in fiebrig gelbes Licht getaucht.

Vielleicht ...? Nein, alles in Ordnung.

Gerd glaubt, dass seine neue Liebe viel Energie fordert. Überall fließt sie, vom Körper durch die Wände! Dann verströmt sie sich in seinem Glück, versinkt darin, trifft auf Herma.

Diese Frau hat alles verändert, lässt neuen Strom in alten Leitungen fließen.

An diesem Abend passiert nichts weiter.

Morgen sehen sie sich, Herma und er, gleich nach der Arbeit im Café. Eine wunderbar dahinfließende Zeit erwartet ihn. Er wird ihr von den Energiewellen erzählen, welche die Statik der Wand auflösten.

Sie wird ihm liebevoll in die Augen schauen, dann zärtlich flüstern: „Gerd, mein lieber Gerd, du spinnst."

Ich wollte es nicht glauben, aber im nächsten Glas waren wirklich Preiselbeeren. Der ganze Charakter des späten Sommers fand sich in dieser Frucht wieder. Daher besaß ihr Geschmack auch eine leicht herbe Note.

In meiner Begeisterung über diese Entdeckung, füllte ich sofort ein erstes Schälchen zum verkosten. Vielleicht vertragen Preiselbeeren keine Hast? Jedenfalls überkam mich ein kräftiges Schwindelgefühl, welches so heftig wirkte, dass ich an eine schnelle Karussellfahrt erinnert, die Tischkante als letzten Halt ergriff. Vor meinen Augen drehte sich die Welt. Gegenstände verschwammen zu einem großen Farbenbrei. Dieser Rausch blieb, steigerte sich, das Karussell drehte schneller – schließlich verlor ich mein Gleichgewicht, gleichzeitig das Bewusstsein, stürzte vom Stuhl.

Später lastete etwas Schweres auf mir. Ein weißes Karussellpferd? Mir nahm es die Luft, ich versuche mich zu befreien. Zum Glück war es nur ein umgefallener Stuhl.

Mein Gleichgewicht fand zurück, alles beruhigt sich – die Welt war wieder in der Balance.

Gab es einen Zusammenhang zwischen meinem Schwindel und den Preiselbeeren? Später, als ich die restlichen Früchte aß, blieb alles ruhig. Keine besonderen Vorkommnisse – außer einer neuen Geschichte.

Geschwindigkeitsbegrenzung

Plötzlich steht der Polizist vor dem Auto von Albin Bogner, hebt seine Hand, drängt ihn so zum Anhalten. Albin Bogner hat in irgendeiner Form gegen die Verkehrsordnung verstoßen. Nur zögernd lässt er das Fenster herunterssurren, muss hören, was die Stimme hinter dem amtlich, hämischen Gesicht zu sagen hat.

„Guten Tag, sie sind 20 km/h zu schnell gefahren. Das kostet ein Bußgeld."

Albin unternimmt den hoffnungslosen Versuch einer Rechtfertigung.

„Ich bin neu in dieser Gegend. Wir ziehen gerade um."

Das Beamtengesicht zieht verächtlich den Mund breit, weit über den genormten Fensterausschnitt hinaus.

„Die meisten sind hier fremd. Dafür haben wir ein Schild für Geschwindigkeitsbegrenzung aufstellen lassen. 30 km/h ist erlaubt."

Auf Verständnis stoßen Entschuldigungen jetzt nicht. Der Polizist zeigt kein Einsehen, füllt, mit seiner grinsenden Staatsgewalt, den ganzen Autofensterrahmen aus.

Soll das jetzt heißen: Erst zahlen, dann weiterfahren? Albin zahlt wortlos, lässt anschließend die Autoscheibe wieder nach oben surren und fährt weiter. Bis zum Nordpol! Nein, nur zum Aufhebungszeichen für Geschwindigkeitsbegrenzung, biegt kurz danach links in die Straße und hält auch schon bald vor einem weiß getünchten, würfelförmigen Haus mit Fensterläden und Vorgarten. Seine Frau Sieglinde wartet bereits auf all die Dinge, welche er im Kofferraum des Autos transportiert.

Albin schimpft: „Ich wurde durch eine Polizeikontrolle aufgehalten. Geld haben sie mir abkassiert, weil ich mich nicht an die vorgeschriebenen 30 km/h gehalten habe, ein unsympathischer Polizist."

Sieglinde schüttelt kurz den Kopf, beginnt dann das Auto auszuräumen. Lange genug hatte sie gewartet.

„Du müsstest noch einmal in die alte Wohnung", wünscht sie sich, „wir brauchen unbedingt die Schlafzimmerlampen". Albin murrt.

Das heißt für ihn, zweimal diese neue Geschwindigkeitsbegrenzung beachten.

In der Nacht wälzt er sich schlaflos hin und her, nickt kurz weg, schrickt hoch: Wo bin ich? Ach ja, die neue Wohnung. Man riecht es.

Der Schlaf fordert irgendwann doch sein Recht. Und damit beginnt auch das Träumen!

Zur Tür herein tritt eine seltsame Erscheinung, ähnlich einem Harlekin, mit zipfliger, von zwei hell klingelnden Glöckchen gekrönter Haube – Till Eulenspiegel. Dazu kleidet ihn ein aufgeplusterter Ganzkörperanzug, welcher sich durch eine rechte gestreifte Seite und eine Linke Punktiere, auszeichnet. Dazu trägt die Erscheinung spitze Lederschuhe. Im Gesicht sind ihm, auf beide Wangen knallig rote Herzen gemalt. Ein verirrter Karnevalsnarr?

Das Gesicht allerdings kommt Albin bekannt vor. Natürlich! Es gehört jenem hämischen Polizisten, welcher ihm heute das Geld abgeknöpft hat. Diese gemeine Geschwindigkeitsbegrenzung. Gibt es nicht andere Träume?

Albin schüttelt sich, will so den Traum loswerden.

Auch der Harlekin schüttelt sich, beginnt zu tanzen. Zwei Schellen in seinen Händen bestimmen den glockenklaren Rhythmus. Er tänzelt mit bleiernen Körpereinsatz vorwärts, wiegt die Hüfte ungelenk, hüpft unentwegt schellend, kreisförmig durch den Raum.

Das Schlimmste: Albin Bogner ist gezwungen, diesem Schauspiel von seinem Bett aus beizuwohnen.

Der Harlekin zischelt spöttisch: „Sie haben die Geschwindigkeit überschritten! Sie sind ein übler Raser!"

Das nächtliche Drama nimmt kein Ende.

War es zu wenig an Bußgeld? Kann eine Geschwindigkeitsübertretung zur Folgebestrafung führen?

Irgendwann ist die Erscheinung wieder verschwunden. Zumindest scheint es am Morgen so.

„Ach, habe ich gut geschlafen", streckt sich seine ebenfalls erwachende Sieglinde.

„In dieser neuen Wohnung schläft man doch viel ruhiger." Dieser Meinung kann ihr Mann nicht folgen.

Am nächsten Tag gehen die Umzugsarbeiten weiter. Schließlich muss Albin zweimal in die alte Wohnung fahren.

Diesmal geht alles scheinbar gut. Scheinbar, denn am Ende der zweiten Fahrt passiert es wieder.

Albin Bogner sieht die erhobene Hand des bekannten Polizisten. Er knirscht vor Ärger mit den Zähnen, lässt die fahrerseitige Scheibe herunter surren, muss wieder den amtlich, schadenfrohen Blick ertragen.

„Sie haben gegen die Verkehrsordnung verstoßen und sind zu schnell gefahren."

Soll er dem Polizisten jetzt von seinem Traum erzählen?

Nein, er gesteht heute scheinbar reumütig alle Schuld ein.

„Ich weiß, dass hier nur 30 km/h erlaubt sind."

Damit war die Sache geklärt. Albin reicht das gewünschte Geld, diesmal sogar passend, hinüber, lässt sich einen schönen Tag wünschen, Fenster hoch, weiterfahren und die Sache ist erledigt.

Das sind eben die Nebenkosten eines Umzuges.

Sieglinde ist darüber sichtlich verärgert.

„Wir brauchen das Geld für wichtigere Dinge. Halte dich doch endlich an die vorgeschriebene Geschwindigkeit. Ist das denn so schwer?"

Albin senkt reumütig den Kopf: Das Schicksal hat irgendetwas vor mit ihm.

Und am Abend, nachdem sie so viel Hausrat ausgepackt haben, kann er wieder nicht einschlafen - wälzt sich mal auf die linke, dann die rechte, wieder auf die linke Seite ... So gehen die Stunden dahin.

Irgendwann in der Nacht kommt der Schlaf doch: Und auch der Traum vom Harlekin wiederholt sich.

Rote Herzen auf die Wangen gemalt, klingelnden Schellenrhytmus, alberne Ganzkörperkarnevalsverkleidung, bleierne Tanzvorführung, dazu seine provozierenden Worte: "Raser! Schrecklicher Raser, hält sich nicht an die Geschwindigkeit."

Albin fühlt sich wirklich ans Bett gefesselt. Nicht mal die Augen kann er schließen, um diese alberne Nummer nicht sehen zu müssen.

Der Harlekin hüpft und springt, gibt sein Bestes, wackelt mit dem bunten Hintern, rasselt und winkt.

Folter, will Albin rufen. Aber verzweifeltes Rufen geht nicht. Die Stimme versagt.

Am nächsten Morgen scheint es ihm, doch etwas geschlafen zu haben. Die ebenfalls erwachte Sieglinde streckt sich neben ihm.

„Nein", schreit Albin überrascht laut, „ich will hier nicht mehr schlafen!"

Sieglinde beugt sich zu ihrem aufgeregten Mann, möchte ihn zärtlich in die Arme nehmen, den Liebsten an den eigenen warmen Körper drücken, trösten und alles ist gut.

„So geht das nicht weiter, ich habe jede Nacht Albträume", regt sich dieser Liebste auf.

„In der alten Wohnung habe ich besser geschlafen. Viel besser!"

Sieglinde ist ratlos. Sie fragt: „Was hast du denn geträumt?"

Albin erzählt verstört: „Vom Polizisten, der über alle Geschwindigkeitsbegrenzungen herrscht! Er verkleidet sich nachts als Harlekin und führt mir einen Tanz vor. Grausam. Eine Marter. Das Schlimmste: Ich kann mich dabei nicht von der Stelle rühren."

Sieglinde überlegt und rät ihm: „Du konzentrierst dich heute und fährst im Bereich Geschwindigkeitsbegrenzung ganz nach Vorschrift."

Es klingt so simpel. Albin überlegt, knirscht wieder nervös mit den Zähnen, wiegt nachdenklich seinen Kopf und zeigt sich schließlich einverstanden.

An diesem Tag müssen noch Schrankteile, Kisten mit Haushaltskram, Vorhänge, ein Teppich und Grünpflanzen geholt werden. Albin ist guten Willens! Jede Minute fühlt er den lauernden Blick des Polizisten.

Am Ende geht alles gut. Sieglinde ist zufrieden mit ihm!

Diesmal liegt Albin nicht so lange wach wie die letzten zwei Nächte. Doch er hat es gewusst, der Traum meldet sich zurück.

Zum dritten Mal erscheint ihm jener Polizist als Harlekin.

Schon klingeln die Schellen in seinen Händen, die Hüften kreisen, tanzt und lächelt schadenfroh. Erneut nähert er sich spöttisch dem Bett:

„Na du übler Raser! Gut geschlafen?"

Albin summt eine Melodie durch den Kopf:

Erst kommt das eine Bein hinein, und dann kommt es wieder raus, und dann kommt es wieder rein, und dann kommt es wieder raus, und dann tanzen wir …

Nein! Nein! Nein! Albin Bogner will nicht mehr weiter träumen. Es ist furchtbar. Gespenstig! Unmenschlich! Der Traum erlischt, weil Sieglinde ihn weckt.

„Was ist los mit dir?" fragt sie besorgt. „Du sprichst im Traum".

„Ich habe nicht gesprochen, sondern gesungen", widerspricht er wütend.

Sieglinde versucht ihren Mann zu beruhigen.

Doch dieser schiebt die Bettdecke trotzig weg, meint dabei: „Das ist alles so unmenschlich. Ich schlafe keine Minute länger in diesem Bett." Er nimmt seine Decke, das Kissen und wandert in den Nachbarraum aus, um auf der dortigen Couch das Einschlafen neu zu probieren.

„Ein Glück, dass ich auf einem Raumwechsel beharrt habe", sind seine Gedanken.

Der letzte freie Umzugstag fordert noch einige Transportfahrten. Albin sieht sich als Kämpfer gegen die machtbesessene Staatsgewalt. Schließlich besitzt jeder Mensch eine Portion Stolz.

„Ich halte mich korrekt an diese Verkehrsvorschriften."

Doch diesmal gibt es keine Verkehrskontrolle. Heute ist alles anders.

Gerade als Albin den letzten Transport steuert, natürlich nicht schneller wie vorgeschrieben, sieht er an der Stelle, wo sonst jener Polizist stand, eine schwarze lederne Brieftasche liegen. Albin hält an, steigt aus und nimmt den Fund in Gewahrsam.

Er schaut nach, ob sich eine Adresse findet. Geld ist nicht dabei. Auch keine Ausweise. Dafür Bilder. Auf dem Ersten erkennt er gleich den Eigentümer: Es ist jener Polizist, der ihn nun seit zwei Tagen beschäftigt. Weiter sind da Familien- und Kinderbilder, vermutlich auch Fotos seiner Frau. So ein Zufall.

Natürlich müssen die Bilder zu ihrem Besitzer zurück. Auch Sieglinde meint: „Du solltest sie aber zurückgeben. Die gehören, wie du sagst, dem Polizisten." Und dann folgt ihr Vorschlag: „Bringe sie doch gleich zur Polizei."

Gut gedacht, denkt Albin, jetzt tu ich dem Monster noch einen Gefallen. Aber das Mitleid überwiegt, zumindest wegen seiner Frau und der Kinder. Also nimmt er die Brieftasche, verlässt noch vor 18 Uhr das Haus, um sich auf den Weg zur Polizei zu machen.

Gerade als er auf die Straße tritt, sieht Albin aus dem Eingang des Nachbarhauses jenen, ihn in Traum und Wirklichkeit beschäftigenden Polizisten kommen.

Das darf doch nicht wahr sein! Aber es ist wahr und kein Traum!

Wurde eben jemand verhaftet? Oder wohnt er dort? Dann sind sie vielleicht Nachbarn! Und nun?

Der Polizist in Zivil, will in sein Auto steigen. Albin muss jetzt etwas tun. Ohne große Überlegung springt er auf den Mann zu, stoppt ihn, spricht direkt:

„Guten Abend, ich glaube wir kennen uns."

Der andere mustert ihn misstrauisch.

Albin schluckt, knirscht wieder mit den Zähnen, denkt: Sympathisch ist der nicht.

„Ich habe Ihre Brieftasche gefunden. Sie lag an der Stelle, wo sie die letzten Tage Verkehrskontrolle gemacht haben." Damit reicht er dem überraschten Mann den schwarzen, ledernen Fund.

Der Polizist schaut sie an, dann Albin, wieder die Brieftasche. Nimmt sie schließlich mit einem kurzen „Danke" in Empfang. Fügt hinzu: „Ich kann jetzt wirklich nur danke sagen, denn ich habe noch einen Termin. Sie sind ein sehr netter Mensch. Das ist mir schon während der Verkehrskontrollen aufgefallen. Leider musste ich Sie trotzdem zur Kasse bitten."

Sagt es und springt in sein Auto.

Sieglinde ist überrascht, dass ihr Mann so schnell zurück ist. Seine kurze Erklärung: „Wir sind Nachbarn, der Polizist und wir."

„Nachbarn!", wiederholt sie erschrocken

Albin winkt lässig ab: „Man kann sich eben seine Nachbarn nicht aussuchen."

Damit war dieses Thema beendet.

Die nächste Nacht, auf der Couch schlafend, verläuft ruhig, ohne aufregende Harlekinträume.

„Ich werde jetzt immer dort schlafen. Das bekommt mir besser", stellt Albin fest.

Am nächsten Abend steht die Wirklichkeit in Person des Nachbarn, jenes Polizisten, vor der Tür.

„Guten Abend, ich hätte noch etwas gutzumachen. Herr Bogner, ich würde sie gern zu einem Bier einladen. Wäre das in Ordnung?"

Der Angesprochene bleibt sprachlos, ist, wie im Traum, dem Geschehen irgendwie hilflos ausgeliefert.

Sieglinde nickt zustimmend: „Macht euch nur einen gemütlichen Herrenabend!" Damit hat die Wiedergutmachung eine eheliche Absegnung erhalten.

Im Gasthaus erklärt Albin dem Polizisten, welcher Erhard Engel heißt: „Wir sind doch zwei Brummochsen." Beide lachen, denn in Rudolstadt ist das wirklich kein Schimpfwort.

Sie haben nun viel zu erzählen, helfen sich später auf dem schwankenden Heimweg.

„Vorsicht, Erhard", meint Albin nach einer Weile, „lass dich nicht anhalten! Das kostet! Von dem Geld – hups – können wir in einem Monat vielleicht wieder auf ein Bier weg gehen. Hups!"

Erhard Engel nimmt seinen neuen Freund in den Arm: „Du hast recht. Immer diese gesetzestreuen, ehrgeizigen Polizisten. Alles Brummochsen ... Alles!"

Albin schläft wiederum auf der ausgelagerten Couch, problemlos, ohne besondere Träume.

Die nächste Nacht allerdings kehrt er zurück in die gemeinsame Schlafstube. Warum? Weil er Sehnsucht nach Sieglinde hat ...

Birnenkompott schmeckt immer wieder gut. Also entschied ich mich für ein recht großes Glas mit diesen Früchten. Geschmacklich war alles wieder rund. Die Birnen hatten eine wunderbare Zimtnote in sich aufgesaugt.

Wir ließen uns diese Köstlichkeit schmecken.

Plötzlich entdeckte meine Frau eine Papierrolle im Glas. Diese versteckte sich wie eine Flaschenpost zwischen den Früchten. Wir schauten uns überrascht an und ich angelte sie, mit leichter Aufregung in den Fingern, heraus.

Ganz offensichtlich eine Botschaft aus der Zeit des Einweckens!

Das Papierstück ließ sich aufrollen. Ich blieb trotzdem vorsichtig, damit nichts kaputt ging.

Meine Frau wartete ebenfalls auf ein besonderes Ergebnis. Dieses fiel fast ernüchternd aus: Ein Gedicht von Eduard Mörike „Schön Rohtraut"

„Soll ich es dir vorlesen", fragte ich und schmunzelte, denn eine leichte Enttäuschung war meiner Frau anzusehen. Die Flaschenpost beinhaltete leider keine Nachricht aus längst vergangenen Tagen.

Vielleicht war sie aber als Einstimmung gedacht, für die nächste Geschichte.

Schön-Rohtraut

Der bekannte Literaturwissenschaftler Frieder Korn behauptete während eines Vortrages in der Stadtbibliothek: „Schön-Ruttraut ist eine Dichtung in heimischer Mundart, mit welcher unser Rudolstädter Dichter und Rechtsanwalt Waldemar Klinghammer, dem lebensfernen, romantisch-übersüßten Balladengebräu, der Zeit vor dem Ersten Weltkrieg, widersprechen wollte".

In der siebten Reihe links außen sitzt Erwin Schinner. Erwin liebt Klinghammers derbe Dialektgeschichten, die sogenannten Schnärzchen.

„Da geht's zur Sache", behauptete er.

Frieder Korn ist ganz seiner Meinung:

„Klinghammer hörte genau hin, wenn das Rudolstädter Volk, das Maul aufriss, hatte er doch geschrieben: „…ihre ward´ freilich sprache: „Halt Dein´n holz´gen Kollerabirachen, Quatschenkuchen, was verstihs Denn von änner Ballade!"

So aber beginnt Mörikes Ballade im Original:

„Wie heißt König Ringangs Töchterlein? Rohtraut! Schön-Rohtraut!"

Weiter dichtete Mörike:

„Was tut sie denn den ganzen Tag, da sie wohl nicht spinnen und nähen mag? Tut fischen und jagen. Oh, dass ich doch ihr Jäger wär!"

Erwin Schinner saugt die Worte des Vortragenden begeistert auf.

Während der Veranstaltung lässt er seinen Blick prüfend durch die Reihen der Besucher schweifen. Vielleicht ist doch jemand Bekanntes dabei.

In der zweiten Reihe, Rechtsaußen, fällt ihm eine Frau auf, ein ‚apartes Weibsen‘, was vielleicht Karline oder Emilie oder Rohtraut heißt. Ihren Hals schmückt ein leuchtend rotes Tuch. Die Unbekannte kann deshalb nur Rohtraut heißen.

Nach der Veranstaltung betrachten die Besucher in Vitrinen ausgelegte Fotografien der damaligen Zeit, sowie Originalausgaben von Klinghammerschen Dichtungen. Wer möchte, trinkt ein Glas Sekt oder Orangensaft.

Das ´aparte Weibsen´ entscheidet sich vor der zweiten Vitrine links für Orangensaft.

Woran liegt es, dass sie sich heute nicht näherkommen?

Vielleicht hätte er doch keinen Sekt trinken sollen?

Wochen später:

Erwin Schinner ist mit Leib und Seele Stadtführer. Neben dem guten Gedächtnis benötigt er eine kräftige Stimme. Mit dieser erreicht Erwin immer die Ohren der Zuhörer.

Was ist schon der lauteste Altstadtautoverkehr gegen eine kraftvolle Stadtführerstimme!

„An den Pranger mit dieser Verkehrsregelung!"

Das Weiterlaufen durch die Kirchgasse, hin zur Stadtkirche, bleibt eine riskante Angelegenheit.

„Bitte, schauen Sie …", er stockt, denn plötzlich gehört die schöne Fremde vom Klinghammer-Vortrag, zu seiner Gruppe.

Kollerabirachen und Quatschenkuchen – ihm bleibt kurz die Luft weg.

Seine innere Stimme warnt:

Erwin, alter Stadtführer, lass dich nicht ablenken, denn schließlich gehört deine Aufmerksamkeit der gesamten Gruppe.

Die Fremde bewegt sich immer in seiner Nähe. Erwin läuft schneller, um von ihr wieder fort, an den Anfang der Gruppe zu gelangen.

„Achten Sie auf die noch vorhandene Holzverkleidung vieler kleiner Läden des 19. Jahrhunderts!"

Bevor er am Schulplatz alte Schulgeschichten erzählt, fällt sein Blick erneut auf das rote Tuch um ihren Hals. Seine Gedanken spielen Torero:

Erwin, du bist altmodisch. Klinghammer würde nur seinen Kopf schütteln über dich ´Dahmel´.

Er wünscht sich ein schnelles Ende der Stadtführung. Seine Gefühle sind hin und her gerissen. Das Rätsel um ihren Namen bleibt zwischen ihnen. Vielleicht heißt sie doch Karline oder Emilie, und nicht Rohtraut, dann würde vielleicht alles gut!

Er fordert die Leute auf, ihm zur Stadtkirche zu folgen, erklärt vor dem Portal: „Den Eingang bewachend, sehen sie den wilden Mann und die wilde Frau. Zwei Fremde…"

In diesem Moment spürt er das Brennen ihres Blickes auf seiner Haut, stürzt vorneweg in die Kirche hinein, um schnell Abkühlung zu erlangen. Hier wird er sich in eine der Bänke zurückziehen, denn ein anwesender älterer Mann übernimmt nun das Erklären.

Erwin Schinner atmet auf!

Allerdings provoziert das Schicksal weiter, lässt das aparte Weibsen sich ausgerechnet neben ihn setzen.

„Schön-Rohtraut ist die schöne Fremde, Schön-Rohtraut?"

Erwin hält es nicht aus: Diese Frau, die Dichtung, alles kommt ihm heute zu nah.

„Wer die Gruft der ersten deutschen Liederdichterin sehen möchte", ruft der ältere Herr in diesem Moment, „kann mir folgen".

Schön-Rohtraut steht wieder auf, folgt zur Gruft. Dort versagt plötzlich das Licht.

„Moment", ruft der Kirchenführer, „die Scheinwerfer haben sicher einen Wackelkontakt."

Er kann das Problem nicht lösen, die Gruft bleibt dunkel.

„Ich singe Ihnen die erste Strophe", schlägt er spontan vor: „Bis hierher hat mich Gott gebracht!"

Trotzdem ist die Besuchergruppe enttäuscht.

Die Täuschung geht weiter.

Erwin, als Kenner der Mörike-Ballade erinnert sich:

„Einstmals sie ruhten am Eichenbaum,

da lacht Schön-Rohtraut:

Was siehst mich an so wunniglich?

Wenn du das Herz hast, küsse mich!"

Das Licht kehrt in der Gruft zurück. Die Enttäuschten können nun doch die Sarkophage der Fürstin Aemilie Juliane und ihres Gemahls bewundern.

Erwin, plötzlich unter Atemnot leidend, lässt seine Gruppe allein, verlässt fluchtartig die Kirche. Draußen fasst er sich an die Stirn, streicht mit der Hand über seine Augen und denkt: „Alles gut! Schweig stille, mein Herz! Alles gut!"

Nicht lange und die ersten Besucher folgen ihm aus der Kirche.

Während der weiteren Stadtführung hält sie Abstand zu ihm.

Als er in der Marktstraße das älteste Haus erklärt, sieht die Fremde traurig aus.

Vor dem Güntherbrunnen folgt nun unweigerlich die Verabschiedung.

„Hoffe, die Stadtführung hat Ihnen gefallen! Ich, Erwin Schinner, wünsche noch einen angenehmen Aufenthalt. Auf Wiedersehen."

Wenn es ihm nicht gelingt, Schön-Rohtraut jetzt in ein Gespräch einzubinden, wird sie für immer verschwunden sein.

„Hat es Ihnen auch gefallen?" ruft Erwin ihr fragend nach. Zu Spät. Sie hört ihn nicht mehr,

verschwindet in Richtung Anton-Sommer-Straße. Er läuft ihr nach, doch die Fremde scheint dort wie vom Erdboden verschluckt. Traurig kehren die Strophen zurück:

„Darauf sie ritten schweigend heim,
Rohtraut, Schön-Rohtraut;
Es jauchzt der Knab in seinem Sinn:
Und würdst du heute Kaiserin,
mich solls nicht kränken!"

Vielleicht wird sie heut noch Kaiserin, denkt er, so stolz wie sie davongeschritten ist!

Kollerabirachen und Quatschenkuchen, ich verliebter Dahmel′ gehe in die Falle, vor welcher Klinghammer warnte.

Es vergehen Tage und Wochen, bis Erwin Schinner im Großen Festsaal von Schloss Heidecksburg ein Konzert besucht.

Er sitzt in der siebten Reihe links außen, betrachtet die Spiegel, den verspielten Stuck, blättert im Pro-grammheft.

Nein, Leute beobachten, ,auf Herz und Nieren prü-fen′, ist nicht sein Ding.

Auf einmal, zweite Reihe rechts außen, sieht er die Fremde sitzen. Schön Rohtraut! Er bekommt einen Schreck, spürt das aufgeregte Kribbeln auf der Haut. Seine Aufmerksamkeit gilt wieder nur ihr.

Wie endet die Ballade von Eduard Mörike?
„Ihr tausend Blätter im Walde wisst,
ich hab Schön-Rohtrauts Mund geküsst!
Schweig stille, mein Herze!"
In der Pause verlässt er das Schloss. Versucht,
sich in der Nähe einer alten Baumgruppe
unsichtbar zu machen.
Es hilft ihm nichts, plötzlich steht sie neben ihm.
Schön-Rohtraut schaut Erwin an. Ihre Augen
spiegeln den Glanz einer uralten Sehnsucht.
Das Licht wird schwächer, braune Urtöne steigen empor.
Erwin glaubt an ein Wunder: Einmal, nur einmal
sich vergessen, die nahe Fremde küssen.
Schon spürt er ihren Mund, den warmen,
erdigen Atem, traut sich, streichelt über ihren Hals.
Der fühlt sich zerbrechlich an, wie Volkstedter
Porzellan.
Plötzlich spüren seine Finger die Wärme eines Stoffes. Das ist ihr rotes Tuch.
In diesem Moment spürt er das Verlangen sie zu
küssen.
Im schwächer werdenden Licht zerbrechen ihre
Lippen auf den Seinen. Keiner sieht die
wunderschönen Scherben.
Erwin kann nun sagen:
„Ich hab Schön-Rohtrauts Mund geküsst!"
Als er sie loslässt, bleibt ein zufriedenes Lächeln in
ihrem Gesicht zurück.
Aber das Lächeln entfernt sich, bildet entsetzlich
viele Falten. Das rote Tuch wird grau. Es findet
eine Verwandlung statt. Ihre zerbrechliche Haut
zerbricht wirklich. Das Licht? Hier stimmt etwas
nicht!

Wer modelliert hier an der aparten Erscheinung herum?

Statt der schönen Unbekannten steht eine alte Frau, mit gebeugten Rücken und grauem Haar vor ihm, erinnert Erwin an eine Volkstedter Porzellanfigur.

„Ihr tausend Blätter im Walde wisst …"

Das Bild der Fremden verschwimmt. Ihr Lächeln ist noch vorhanden, aber es prophezeit Abschied.

Gleich wird der zerbrechliche Körper zu Boden fallen.

Erwin Schinner wischt mit der Hand über seine Augen, glaubt zu träumen:

„Ech verliebter Dahmel!"

Er schließt die Augen, öffnet sie: Beide sind verschwunden: Schön-Rohtraut und die alte Frau.

Erwin kann sie nicht einmal rufen, kennt ihren Namen immer noch nicht.

Schon geht er wieder hinauf um seinen Platz siebente Reihe, links außen, einzunehmen.

Zweiter Teil. Die Musiker betreten erneut den Raum.

Der Dirigent verneigt sich, und das Konzert geht weiter. Ein Platz allerdings bleibt frei: zweite Reihe, rechts außen.

Nach dem Konzert sucht Erwin bei der alten Baumgruppe. Doch die Fremde scheint verschwunden.

Auch Scherben sieht er nicht.

Erwin Schinner verabschiedet sich von der Ballade, kehrt zurück in seinen Rudolstädter Alltag, denkt dabei: „Sei stölle mei Harze!"

On da warnse a stölle!

Im nächsten Einweckglas befanden sich erstmalig Erdbeeren. Mit diesem Kompott hätte ich viel mehr gerechnet. Aber so war das nun mal. Schmackhaft sind die, vor langer Zeit eingeweckten Früchte immer noch. Ein Geschmack zum Verlieben!

Gab es da nicht ein Lied „Ich bin so wild nach Deinem Erdbeermund"? Ach ja, dieses Küssen ... Es kann, wie die nächste Geschichte erzählt, unerwartet zum Verhängnis werden.

Der rätselhafte Kuss

Heinrich Klarmanns Kinderzeit war geprägt vom Spiel auf dem Pflaster der alten Gassen von Rudolstadt. Dort fanden sich die spannendsten Spiele, mit immer wieder neuen Freunden.

An manchen Tagen jedoch wollte Heinrich lieber allein sein und Entdeckungen machen. Denn in seinem Wohnumfeld gab es, zwischen Keller, Dachboden und Hinterhaus, viele Geheimnisse.

Der rätselhafteste Ort befand sich in der ersten Etage des alten Hinterhauses.

Wenn er nur die verschlossene Tür öffnen könnte! Sie versperrte den Zugang zu einem unbewohnten Raum, welcher seit hundert Jahren darauf wartete, entdeckt zu werden. Das sagte sich Heinrich zumindest beim Blick durch das Schlüsselloch.

Die Lösung war schon in Arbeit.

Und eines Tages schaffte er es: Das Schloss gab nach.

Heinrich Klarmann hatte einen Türöffner gebastelt. Der Junge hielt die Luft an. Was wird jetzt passieren? Nicht, dass irgendein Erwachsener, in letzter Minute, das ganze Unternehmen verhinderte.

Er drückte die alte, silbern glänzende Klinke der Tür herunter, öffnete vorsichtig und konnte tatsächlich den geheimnisvollen Raum dahinter betreten. Heinrich dachte an die Entdeckung Amerikas. Ob er auch fremde Wesen, verwunschene Geister, treffen wird?

Aber außer grünen und rosa bemalten, inzwischen nachgedunkelten Wänden, sah er nichts weiter.

Doch! Ein riesiges Bild mit wuchtigen Goldrahmen hing an der grünen Wand. Darauf waren weidende Schafe und ein Hütejunge, etwa so alt wie er, abgebildet.

Eventuell mussten sich seine Augen erst an das dämmrige Licht gewöhnen, denn plötzlich sah er noch mehr.

Da waren Stühle aufeinandergestapelt, ein runder Tisch, auf dem ein aufgeschlagenes Buch lag. Auf dessen linker Seite entdeckte er das gezeichnete Bild einer wunderschönen jungen Frau. Dass sie so altmodisch gekleidet und ihre Haare frisierte hatte, verstärkte den geheimnisvollen Eindruck.

Sie fesselte seine Aufmerksamkeit. Er musste sie immer, und immer wieder anschauen. Heinrich wurde es auf einmal schwindlig im Kopf. Vielleicht vor lauter Glück? Denn er fühlte sich sehr, sehr glücklich in diesem Moment!

Heinrich las noch den Spruch der rechten Seite: „Gott zur Ehre, dem nächsten zum Schutze. Freyadliges Bernhardinenstift.

Den Jungen überkam eine übermütige Laune, aus der heraus er sich dem Bild näherte und es küsste.

Sofort erschrak Heinrich über sich selbst. Was für ein Blödsinn! Ein Bild küssen! Die Mutter konnte man küssen, oder, im Ausnahmefall, die Schwester. Aber ein Bild!

In seinem Mund bildete sich ein süßlicher, nicht unangenehmer Geschmack.

Später, wenn er an diesen Kuss dachte, kehrte diese Süße zurück.

Er suchte nach Ablenkung und schaute sich weiter im Raum um.

Da hing sogar ein Kronleuchter. Wie schön dieser war! Darunter saßen bestimmt die adligen Damen, unterhielten sich, tranken Tee und fertigten Handarbeiten. So war es jedenfalls in alten Märchenfilmen.

Den kleinen Schäfer auf dem großen Wandbild hätte er am liebsten zum Spielen eingeladen. Der dürfte seine Tiere ruhig mitbringen.

Noch einmal betrachtete der Junge das Bild der jungen Frau, schmeckte die Süße des Kusses, dann verließ Heinrich den Raum wieder.

Jahre vergingen, das Hinterhaus wurde abgerissen. Heinrich Klarmann wohnte längst nicht mehr dort, trotzdem stimmte ihn die Nachricht traurig.

Das Kind von einst lernte einen Beruf und wohnte während dieser Zeit im Internat. Dort verliebte er sich in Irmgard Sichelschmidt.

Eines Tages waren sie allein im Zimmer. Irmgard schaute ihm sehnsuchtsvoll in die Augen. Und Heinrich krabbelte es im Bauch. Jetzt wird er sie küssen, das stand für ihn fest. Beide kamen sich tatsächlich näher, er schloss sogar die Augen. Und tat es, küsste Irmgard.

Später, beim wieder Öffnen der Augen, drehte sich die Welt und Irmgard gleich mit.

Jetzt nur nicht die Kontrolle verlieren! Heinrich Schloss erneut die Augen, roch ihr Parfüm, küsste Irmgard ein zweites Mal. Seltsam, in seinem Mund bildete sich ein süßlicher Geschmack, welcher ihn an ein Ereignis seiner Kindheit erinnerte. Damals küsste er auf einer Buchseite, das Bild einer jungen Frau.

Heinrich öffnete schnell die Augen, fand sich und Irmgard Sichelschmidt an einem völlig anderen, für ihn nicht unbekannten Ort wieder. Die Wände waren dunkelgrün und rosa gestrichen, wirkten nachgedunkelt und glichen tatsächlich dem geheimnisvollen Raum im abgerissenen Hinterhaus. Alles war da! Er sah den seine Schafe hütenden Jungen, Kronleuchter, übereinander gestapelte Stühle und das runde Tischchen mit dem aufgeschlagenen Buch wieder.

Heinrich Klarmann entdeckte auf der linken Buchseite jenes Bild der jungen Frau, welches er als Kind geküsst hatte. Es schien, als schaute sie traurig zu ihm auf.

Der junge Mann, welcher er inzwischen war, strich mit der Hand über seine Augen, um die Sehfähigkeit zu korrigieren. Eine Täuschung trieb ihr Spiel mit ihm!

Auch Irmgard öffnete die Augen, gab einen durchdringenden Angstschrei von sich, schob Heinrich hektisch fort, schrie lauter, rannte aus dem Raum. Heinrich konnte sie nicht zurückhalten. Er war mit der Situation überfordert, hatte keine Erklärung dafür. Ein Trugbild als Folge seiner Verliebtheit?

Nach einigen Minuten verschwand die Erscheinung wieder, und er befand sich im vertrauten Internatszimmer.

Nur Irmgard war fort und blieb es. Später kannte sie ihn nicht mehr. Heinrich hatte den Eindruck, dass sie für alle Zeiten vor ihm davongelaufen war.

Erst ein Jahr später verliebte er sich erneut.

Diesmal in eine junge Frau, die Evelin hieß und nach einer Tanzveranstaltung sagte: „Komm doch noch ein Stündchen mit zu mir."

Heinrich kam. Sie ließ die Jacke fallen und schmiegte sich an ihn. Evelin suchte so selbstbewusst die Körpernähe, dass ein Kuss unweigerlich folgen musste. Und Heinrich küsste Evelin mehrmals auf den Mund.

Ihm gefiel dabei, dass sie, anders wie Irmgard, ein etwas herberes Parfüm verwendete.

Da war es wieder, der süßliche Geschmack im Mund – das ungelüftete Rätsel.

Auch der alte, geheimnisvolle Raum aus der Kindheit war wieder da.

Dunkelgrüne oder rosa gestrichene Wände, der Schäferjunge, Kronleuchter, die übereinander gestapelten Stühle, das runde Tischchen mit dem aufgeschlagenen Buch, auf dessen linker Seite die schöne, aus einer fernen Zeit traurig herüberschauende Frau. Da war sie, die Täuschung. Währenddessen lag die ebenfalls schöne Evelin in seinen Armen.

Was soll er machen? Auch sie würde davonlaufen.

„Lass deine Augen geschlossen", flüsterte Heinrich ziemlich aufgeregt, versuchte dabei Evelin aus dem Raum hinauszuschieben. Das Unternehmen misslang. Sie verwunderte die plötzliche Hektik, öffnete verunsichert doch ihre Augen, sah sich erschrocken um.

Alles zu spät! Ja, es war zu spät. Evelin schrie. Sie hatte Angst und fand die Situation unheimlich. Was hatte Heinrich getan? Aber er hatte ja nichts getan.

Evelin warf ihn zur Tür hinaus.

„Geh, verschwinde! Lass dich nie wieder hier sehen!" Der junge, verliebte Mann stand, hinausgeworfen, allein auf der nächtlichen Straße und hörte Evelin noch weinen.

In seiner Verzweiflung schwor er sich: „Ich küsse nie wieder!"

Lange Zeit ging das gut.

Nur einmal im Urlaub traf Heinrich Thea Klagenfurth. Sie gefiel ihm sehr und er konnte nicht verhindern, unter schlaflosen Nächten zu leiden. Heinrich träumte davon, Thea einmal zu küssen.

Aber das wird wieder Folgen haben. Vielleicht erzählte er Thea vorher alles. Ihre Augen leuchteten sehnsüchtig, denn sie hatte sich auch in ihn verliebt.

Als beide endlich in Heinrichs Urlaubszimmer allein waren, Thea sich ihm sehr näherte und er wusste, was jetzt passierte, bat Heinrich: „Ich muss dir aber erst was sagen."

Thea schmunzelte: „Macht mir nichts aus, dass du schon eine Freundin hast."

Heinrich wurde unsicher: „Ich muss dir wirklich erst was erzählen."

Thea hielt die Augen erwartungsvoll geschlossen, fragte: „Bist du verheiratet?"

Gerade als es passieren sollte, auch Thea roch so wunderbar herb, schob Heinrich sie verzweifelt zurück: „Wenn ich dich jetzt küsse, wachst du mit mir in einem dreihundert Jahre alten Raum wieder auf."

„Wie romantisch", hauchte sie, „mit dir allein in einem verzauberten Schloss. Ich will dich jetzt".

Sie war in ihrer Absicht nicht mehr zu bremsen, drückte den armen Heinrich erbarmungslos an sich und küsste ihn.

Sofort roch er wieder die alte Farbe und den ungelüfteten Raum, spürte den süßlichen Geschmack im Mund.

Heinrich küsste weiter, so als stände der Weltuntergang bevor – zerrte Thea lustvoll zu Boden, erdrückte die Frau fast mit seinem Körper. Er zog ihr die Bluse aus. Seine Endzeitleidenschaft gefiel Thea.

Doch plötzlich schrie sie und stieß ihn mit voller Wucht von sich. Heinrich wusste was passiert war: Sie hatte ihre Augen doch geöffnet.

Er öffnete die seinen, sah wieder das Dunkelgrün und Rosa, das vornehm, traurige Bild der schönen Frau auf der Buchseite.

„Ich hatte es dir doch gesagt. Wir wachen in einem ganz alten Raum auf. Schrei bitte nicht, ich kann nichts dafür."

Thea hörte wirklich auf zu schreien, zog ihre Bluse wieder an und verließ wortlos das Zimmer.

Heinrich konnte sie nicht aufhalten. Schade! Hätte Thea Klagenfurth nur ein paar Minuten länger auf das Verschwinden der Erscheinung gewartet! Es wäre entscheidend für sein weiteres Leben geworden.

Am nächsten Tag brach Heinrich den Urlaub ab, fuhr nach Hause zurück, um ganz für sich allein einen Entschluss zu fassen: Ich, Heinrich Klarmann, verliebe mich nie wieder.

Er wiederholte mit Nachdruck: Nie wieder!

Und dabei blieb es auch lange Zeit.

Irgendwann reizte es ihn, den Zusammenhang zwischen seinem Kuss und der Erscheinung des alten Raumes zu ergründen. Ist doch alles unwissenschaftlich! Aber auch unwissenschaftliche Vorgänge müssen erforscht werden.

Zum Erforschen aber, benötigt man das Experiment. Es fehlt der geeignete Gegenstand. Heinrich entschied sich für ein großes, unschuldiges Plüschtier Das nahm er gefasst in den Arm, und küsste es. Alles für die Wissenschaft!

Nach kurzer Zeit roch es wie erwartet, bildete sich der süße Geschmack im Mund. In Sekundenschnelle umgab ihn die Erscheinung des rätselhaften Raumes, einschließlich der traurig-schönen Buchillustration.

Diesmal ging er systematisch vor, schaute genau auf die Uhr: Das Trugbild hielt sich fünf Minuten. Dann verschwand alles wieder.

Heinrich, der Junggeselle, war fasziniert. Er überlegte: Ich armer Heinrich muss für meine erste, frühe Liebe ein Leben lang ohne Frau leben.

Wie konnte ich als Kind wissen, dass der übermütige Kuss einer alten Buchillustration solche Folgen hat.

Heinrich Klarmann gab sich ganz in die Hände der Wissenschaft. Das Rätsel um seine Person faszinierte die forschenden Geister. Immer und immer wieder musste er, unter verschiedensten Umständen, Gegenstände küssen:

Blumen, Vasen, verschiedenste Materialien, Stoffe und einmal auch eine ältere Professorin. Alles wurde genau protokolliert, regelmäßig Blutdruck und Puls gemessen.

Man nahm Farbproben von Wänden und Bildern des Raumes, untersuchte sie genau – immer verschwand die Ortsveränderung nach genau fünf Minuten.

Das Geheimnis blieb ein Geheimnis.

So sah er, regelmäßig, fünf Minuten lang, seine leider nur gezeichnete platonische Liebe wieder – verdiente dazu noch viel Geld. Das Gesicht der jungen Frau auf der Buchseite blieb zeitlos jung. Wenn es keine Täuschung war, zwinkerte sie ihm, nach dem dritten Experiment, sogar einmal schelmisch zu?

Trotzdem wurde Heinrich nicht mehr so richtig glücklich. Wie gern hätte er sich in eine moderne, noch lebende Frau verliebt, um diese dann irgendwann zu küssen.

Im vorletzten Glas befand sich, letztmalig, Apfelkompott. Etwas traurig öffnete ich, denn die Zeit der Geschichten ging damit langsam zu Ende.

Die Äpfel schmeckten auch sehr herb, irgendwie mit einem unangenehmen gärigen Nachgeschmack. Geschmacklich war hier alles anders, nichts schien rund. Irgendwie passte dieses Kompott wenig zu seinen Vorgängern. Aber es war ja das Vorletzte!

Also aß ich es brav, teilte diesmal aber nicht. Durch seinen gärigen Geschmack, wäre es meiner Frau kaum zuzumuten.

.Zum Glück gehrte auch eine neue Geschichte in meinem Kopf, welche sofort aufschrieben wurde. Sie bot wieder zwei Besonderheiten: Es ist eine Geschichte der Gegenwart und bezieht mich als Hauptperson mit in die Handlung ein. Ein Rätsel was da aus dem alten Einweckglas aufsteigt.

Aber gut, ich bin für jedes Abenteuer bereit.

Der Geruch der Grenze

Beim Betreten des Cafés wird eine Grenze überschritten.
Ich spüre es deutlich. Oder besser gesagt: Ich rieche
es. Denn statt dem Duft von frischen Backwaren,
steigt mir durchdringender Schweißgeruch in die
Nase. Und dieser kann nur zu jenem Herrn gehören,
welcher mit dick gefütterter, grüner Jacke, allein am
Tisch sitzt.
In seinen Augen sehe ich eine große Unruhe. Liegt
es an der Grenzlinie hinter der Ladentür?
Er jedenfalls ist bereits übergetreten, beobachtet ge-
nau, tastet mit ängstlichem Blick Mensch und Boden
ab. Auf seiner Stirn sieht man kleine glitzernde
Schweißperlen, verkleben die wenigen schwarzen
Haare miteinander.
Vor ihm auf dem Tisch steht eine Tasse Kaffee und
auf weißem Teller der Rest einer Bockwurst.
Was treibt mich in diesem Moment zu dieser Frage?
„Ist bei Ihnen noch ein Platz frei?"
Er reagiert mit unverständlichem Gemurmel.
Ich setze mich, ebenfalls mit einer Tasse Kaffee und
einem Stück Kuchen, neben ihn.
Er beobachtet meine Handlungen genau.   Wir
schweigen. Mehr passiert heute nicht.
Eine Woche später betrete ich erneut das Café.
Wieder sitzt er, mit auffallend dicker, grüner Jacke,
allein an einem Tisch.

Auch diesmal folgt meine Frage: „Darf ich mich zu Ihnen setzen?" Von seinem Gemurmel verstehe ich zwei Worte: „No freilich".
Er beobachtet genau. Mehr geschieht nicht.
Doch diesmal soll mehr passieren. Also beginne ich das Gespräch: „Mir schmeckt der Kuchen hier gut. Man sitzt gemütlich."
Er hebt misstrauisch seinen Kopf, antwortet nicht.
Schon folgt meine nächste Frage: „Heute ist Markt-tag. Gehen Sie hin?"
Aufgeregt reagiert er: „Nein, nein".
Ich spinne das Gespräch weiter. „Sind sie von hier?"
„Bin von B., vom Oberland". Das war eindeutig.
Die Unterhaltung scheint ihm trotzdem unangenehm.
Am liebsten würde er wohl aufstehen.
Durch meine nächste Frage kippt die Situation.
„Wohnen Sie jetzt hier am Ort?"
Er zeigt sofort hastig in eine Richtung: „No dort. Dort."
Welchen Ort könnte er meinen? Ich überlege.
 Das dritte Zusammentreffen, wieder mittwochs im kleinen Café der Bäckerei, verläuft ähnlich den ersten beiden Begegnungen. Nur diesmal spricht er etwas Unerwartetes aus: „Du hast mich gerettet."
Er wiederholt es ein zweites Mal, um der Aussage Nachdruck zu verleihen.
Es wird Zeit, dass wir uns beim Namen nennen. „Ich heiße Herbert Schipfel." Er nickt dazu und wiederholt ein drittes Mal, dass ich ihn gerettet habe. Aber wie ist sein Name? „Wie heißen Sie?"
„Werner".
Er nennt nur seinen Vornamen und findet das „Du" selbstverständlich.
Dann erzählt er mir von einem Schlosser, Heinz aus B., welcher irgendwie ein Schweinehund war. Werner

tut so, als kenne ich ihn. Überhaupt haben wir scheinbar immer gleiche Bekannte. Wenn er von jemanden spricht, ist es selbstverständlich, dass ich ihn auch kenne. Den Vertrauensvorschuss nutze ich für meine Frage: „Ich würde sie gern einmal besuchen."

Das Haus befindet sich vom Café nur zwei Straßen weiter. Als ich mein Anliegen wiederhole, hebt er abwehrend seine Hand und schaut mich nicht mehr an. Vielleicht bedeutet dies eine Vertrauensüberforderung? Ganz in Gedanken versunken beginnt er etwas Unverständliches zu brummen. Meine Hartnäckigkeit erreicht ihr Ziel.

„Werner, soll ich heute nicht zu Besuch kommen?" Werner überlegt, antwortet unerwartet: „Doch, doch. Um Vier. Kommst um Vier." Er wiederholt es mit Nachdruck. Ein unruhiger Glanz in den Augen bleibt. Und dann glitzern neue kleine Schweißperlen auf seiner Stirn.

Damit verabschieden wir uns, wobei er sitzen bleibt.

Am Nachmittag löse ich mein Versprechen ein und besuche ihn.

Am Eingang befindet sich ein Hinweisschild:
„Übergangswohnheim".

Dort gibt es ebenfalls ein Café. Auch hier sitzt er allein am Tisch, die grüne Jacke tragend, nickt mir zu, scheint bereits gewartet zu haben.

Andere Besucher beobachten mich. Es steht fest, ich bin der Fremde.

„Hallo Werner!"

Nachdem ich Platz genommen habe, setzt sich eine etwas kräftige Frau mit besonders neugierigen Augen zu uns. „Kennst du den?"

Ich bejahe es: „Wir sind Freunde."

Die neugierige Frau will mir vermutlich jetzt alles zu ihm erzählen. „Der stammt von B. und wohnt hier schon ein Jahr. Er sagt, er hätte Josef und Maria mit dem Kind und einem Esel gesehen. Glaubst du das?" „Wenn er das sagt wird es stimmen."

„Ha", die neugierige Frau weiß es scheinbar besser. „Die haben ihn in die Klapse gesteckt. Verrückt ist er, verrückt!"

Ich schaue zu Werner. Das Gerede der Frau scheint eine große Unruhe bei ihm auszulösen: Er murmelt aufgeregte, unverständliche Worte.

Darauf weiß die Alles wissende Frau nur zu sagen: „Er stinkt" und verschwindet.

Seine Lippen bewegen sich nervös. Meinem Blick will er jetzt scheinbar ausweichen. Doch der bleibt ruhig.

„Ich glaube dir Werner. Lass dich nicht durcheinanderbringen."

Es gelingt.

Er nickt wieder. Und wiederholt voller Hochachtung: „Du bist was wert."

Ich versuche das Thema zu beenden, trinke meinen Kaffee. Er holt sich noch ein Stück Kuchen.

Erst zu Hause kommt mir die Idee, ihn zu einer Fahrt in die alte Heimat einzuladen.

Allerdings bin ich unsicher. Keiner weiß, was so ein Besuch bei Werner für Reaktionen auslösen könnte.

Später lehnt er mit heftigem Kopfschütteln ab. Erklärt mir mit vollster Überzeugung: „Aufregend!" und wiederholt den Namen Schlosser, Heinz.

Natürlich könnte ich auch allein nach B. fahren. Warum nicht!

Am kommenden Samstag setze ich mich also ins Auto, fahre los und komme direkt vor der Kirche zum Halten.

Die Tür ist offen. Drinnen scheint jemand zu sein. Der Pfarrer? Ich bewege mich vorsichtig in den halbdunklen Kirchraum. Am rechten Seitenaltar fällt mir auf, dass ein Bild mit lila Stoff überzogen ist.

Der Herr in der Kirche, kratzt mit feinem Werkzeug am Stuckrahmen herum. Er grüßt, widmet sich aber gleich wieder seiner Arbeit.

Ich betrachte den bildlosen Altar. „Was ist hier sonst zu sehen?"

Der Mann erklärt mir lächelnd: „Die Heilige Familie, Josef, Maria mit dem Kind und einem Esel. Sie werden, laut biblischer Überlieferung, auf der Flucht nach Ägypten dargestellt."

Ich denke sofort an Werner: Die Heilige Familie kann nicht hier sein. Er ist ihnen in den Wäldern um B. begegnet, musste deswegen in die Klinik.

Die Situation verlangt eine Klärung.

„Das Bild ist schon lange zur Restauration?"

„Ja, ungefähr zwei Jahre. Die ganze Arbeit gestaltet sich sehr schwierig. Und dann fehlt es eben an Geld."

Der Mann lächelt und widmet sich wieder seiner einsamen Tätigkeit.

Irgendwann verlasse ich die Kirche, laufe langsam durch den auffallend menschenleeren Ort, erreiche den Wald. Selbst Schlosser, Heinz lässt sich nirgends blicken.

Waldfliegen ärgern mich. Die Sonne blinzelt über den Wolken. Oben segeln Wölkchen und verwandeln sich in bizarre Figuren.

Plötzlich überkommt mich eine lähmende Müdigkeit. Hat eine der Waldfliegen mit narkotisierendem Gift zugestochen?

Weiter darüber nachdenken kann ich nicht, denn Aufmerksamkeit findet eine kleine Gruppe von Menschen, welche den Waldweg in meine Richtung läuft. Ihr Gang wirkt schleppend, müde. Die dunkle Kleidung scheint zu groß, die Ärmel weit. Es ist ein alter Mann mit weißem Bart und brauner, mönchsähnlicher Kutte. Er selbst stützt sich auf einen großen Stock. Das verleiht ihm besondere Würde. Mit der anderen Hand führt er an Zügeln seinen Esel. Auf diesem sitzt ein kleines Kind, welches fremd, mit weißen Leinen gekleidet ist. Und neben dem Esel läuft eine Frau, sicher die Mutter. Sie trägt ebenfalls ein fremd wirkendes, weißes Gewand, dazu das passende helle Kopftuch.

Sofort steigt mir der Geruch von Werners grüner, dicker Jacke in die Nase. Oder riecht so die Grenze?

Werner hatte diese ungewöhnlichen Menschen als Erster hier gesehen. Vor zwei Jahren. Vielleicht auch schon öfter. Doch gesprochen hatte er nie darüber. Und als er sprach, steckten sie ihn in die Psychiatrie.

Im Wald ist es ganz still, kein alarmierender Eichelhäher zwischen den Bäumen.

Die ungewöhnliche Gruppe zieht an mir vorbei und auf ihren Gesichtern liegt müder Staub.

Mir, dem Beobachter, wird keine Aufmerksamkeit geschenkt. Sie hätten mich, um irgendeine Form der Hilfe bittend, ansprechen können.

Schließlich verschwindet das seltsame Grüppchen wieder im Wald.

Meine Stimme versagt. Ich atme tief durch und spüre das Außergewöhnliche dieses Momentes.

Über mir segeln kleine weiße Wölkchen am spätsommerlichen Himmel. Es duftet intensiv nach Harz.

Ich habe soeben die heilige Familie gesehen und werde bestimmt darüber sprechen.

Mit schnellen Schritten finde ich aus dem Wald heraus und entdecke in der Ferne die ersten Häuser des Ortes.

Umdrehen, zurückschauen, geht nicht.

Am nächsten Mittwochvormittag sitzt Werner wieder im Café der Bäckerei. Er schaut mich an, lacht und behauptet voller Ehrfurcht in der Stimme:

„Du hast mich gerettet."

Dann folgt mein nächster Versuch ihn zu überreden.

„Du, wir könnten wirklich zusammen nach B. fahren. Ich bleibe auch immer an deiner Seite. Versprochen."

Werner reagiert diesmal mit einem erstaunlichen Redeschwall. Er zählt sofort alle Bekannten auf und teilt sie gleich in gut oder böse ein. Besondere Erwähnung für Böse erhält Schlosser, Heinz. Auf Seiten der Guten fällt mehrmals der Name Helga.

Ich schlage ihm für die gemeinsame Fahrt den kommenden Mittwochvormittag vor. Er scheint damit einverstanden.

Unterwegs spricht er von Helga.

„Wollen wir sie besuchen?"

Außer unverständlichem Murmeln folgt keine Reaktion.

Eine Entscheidung muss getroffen werden.

„Du zeigst mir, wo Helga wohnt und wir klingeln."

Werner widerspricht nicht.

Die Häuser des Ortes sind größtenteils mit Schiefer verkleidet. Das ist der nüchterne Hinweis, dass hier im Oberland die Winter lang sind. Die Menschen müssen sich darauf einstellen.

Wir brauchen gar nicht weit laufen – schon stehen wir vor dem Haus, in dem vermutlich Helga wohnt. Er geht vorsichtig an die Klingel, liest, schaut mich an, liest ein zweites Mal, kann sich scheinbar nicht entschließen.

„Soll ich klingeln?"

Er lässt Luft durch seine fast geschlossenen Lippen zischen. Eine Entscheidung fällt ihm schwer.

Ich handle und klingle, zweimal. Schon hört man aus dem Inneren des Hauses einen Hund bellen. Beide treten wir einige Schritte von der Haustür zurück. Aber es öffnet niemand. Noch einmal klingeln.

Das Bellen im Haus wird lauter und aufgeregter.

„Helga scheint nicht da zu sein."

Vielleicht sieht sie uns, will aber nicht öffnen. Wir sind als Fremde ins ehemalige Sperrgebiet eingedrungen. Grenzen machen misstrauisch. Da musste man immer vorsichtig leben.

Als ich ein letztes Mal ganz nah an die Tür trete, sagt mir meine Nase, Helga versteckt sich hinter der Tür.

Da stehen wir zwei nun auf der Dorfstraße, sozusagen mutterseelenallein.

Noch ist Sommer und die graue Schieferhaut der Häuser tankt Kraft. Irgendwie spürt man hier immer den Wind und den Schnee. „

Hier gibt es viel Wind?", frage ich Werner und er bestätigt es mit einem ehrfurchtsvollen „Oooh!"

„Wo hast du eigentlich gewohnt?"

Werner spricht nicht von sich, sondern erneut vom Schlosser Heinz.

Also gut, besuchen wir Schlosser, Heinz. Dazu müssen wir nur drei Häuser weiter. Auch dort scheint niemand zu Hause. Doch plötzlich ist seine erregte Stimme aus einem der oberen Fenster zu hören: „Verschwindet! Aber sofort!"

Ich sehe einen alten Mann am Fenster der ersten Etage des Hauses stehen. Er wiederholt sein, „Verschwindet", und richtet dabei ein Gewehr auf uns.

Waffenbesitz gerade hier im Grenzgebiet ist gefährlich?

Er schießt wirklich. Der Knall versetzt mir einen entsetzlichen Schreck.

„Werner" schrei ich und sehe wie Werners Hand blutet. Trotzdem bleibt dieser unbeeindruckt stehen.

„Werner!" schreie ich noch einmal und bekomme eine ohnmächtige Wut auf diesen Schützen. Der ist inzwischen vom Fenster verschwunden.

Glücklicherweise steckt keine Kugel in seiner Hand. Nur ein äußerer Streifschuss? Werner pustet liebevoll Luft und die Hand hört wirklich auf zu bluten.

„Gibt es jemanden, der uns hier in sein Haus lässt?" Keine Antwort.

Vielleicht ist jetzt der richtige Moment zum Besuch der Kirche gekommen.

Werner ist damit einverstanden. Die Tür der Kirche ist wieder offen. Beim Eintreten in den Raum, merke ich: Heute scheint irgendetwas anders.

Natürlich. Das rechte Altarbild wurde eingesetzt. Mit neuen Farben, frisch restauriert, ist die Heilige Familie heimgekehrt. Sie sind zurück aus der Restaurationswerkstatt. Oder vielleicht doch Ägypten?

Ich trete näher, rieche die Farbe.

Plötzlich legt mir jemand die Hand auf die Schulter.

„Gefällt es ihnen?" Es ist der Restaurator, welcher noch in der Kirche ist.

„Ja, beeindruckend."

Er erklärt voller Stolz: „Es hat lange gedauert. sehr lange. Manchmal glaubte ich schon, die Figuren seien gar nicht mehr auf dem Bild. Ich kam an Grenzen, meinte verrückt zu werden." Dabei lächelt er zufrieden.

„Aber wie sie sehen, ist alles gut gegangen."

Ich gratuliere ihm und ergänze mit einem Augenzwinkern: „Vielleicht hat Josef und seiner Maria die ganze Restauration auch zu lang gedauert? Da sind sie einfach verschwunden." Er lacht.

Wir verabschieden uns und beenden den Besuch.

Als ich draußen Werner ins Gesicht schaue, sieht dieser glücklich aus – unendlich glücklich.

Die Fahrt hatte sich gelohnt. Schlosser, Heinz bleibt gefährlich und Helga verschwunden.

Dafür ist die Heilige Familie zurückgekehrt in ihre Heimat.

Werner hat seinen Frieden und mich als Freund gefunden. Außerdem verbindet uns das gleiche geheimnisvolle Erlebnis.

Im leider letzten Glas befanden sich Himbeeren. Diese Köstlichkeit hatte ich mir für den Schluss aufgehoben. Mit Ihnen sollte eine besondere Zeit beendet werden.

Vielleicht hing es mit der Schwere des Abschiedes zusammen, dass ich stolperte und mir jenes letzte Glas aus den Händen glitt. Es fiel unglücklich hart zu Boden und zersplitterte gleich. Mein Entsetzen über dieses Ereignis kann ich nicht in Worte fassen.

Das darf doch wohl nicht wahr sein!

Aber es war wahr – die Himbeeren konnten wir, dank der vielen Glassplitter, nicht mehr essen.

An der ganzen Geschichte war nun nichts mehr zu ändern. Die letzte Köstlichkeit aus vergangenen Jahren war nicht mehr zu genießen.

Vielleicht finden sich in einem anderen Keller neue Geschichten aus dem Einweckglas?

Dem Finder wünsche ich jedenfalls „Guten Appetit!"

Zeitfracht Medien GmbH
Ferdinand-Jühlke-Straße 7
99095 Erfurt, Deutschland
produktsicherheit@kolibri360.de